같 이 ○

○○○ 의

세 계 ଠ

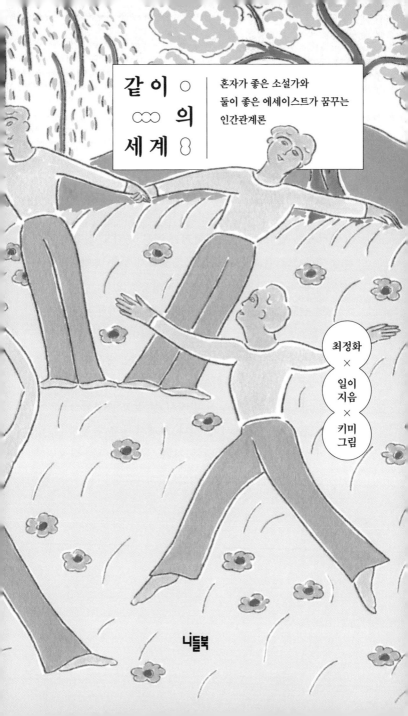

같이의 세계

혼자가 좋은 소설가와
둘이 좋은 에세이스트가 꿈꾸는
인간관계론

최정화
×
일이
지음
×
키미
그림

니들북

　　각자는 얼마나 다른가. 파키라 같은 사람도 있고, 사람 같은 보스턴고사리도 있고, 홍콩야자 같은 고양이가 있는가 하면, 고양이 같은 스파티필름도 있다. 실제로 어떤 사람과 몬스테라와의 관계는 한 고양이와 사이가 안 좋은 다른 고양이와의 관계만큼 멀어질 수 있다. 실제로 한 사람과 어떤 다른 사람과의 관계는 문샤인과 스파티필름만큼이나 가까워질 수 있다.

　　보스턴고사리는 어두운 방에서 잘 살고 홍콩야자는 볕이 잘 드는 창가에서 잘 산다. 그래서 둘은 한집에서 같이 살 수 있는 가족이 됐다. 자기 자리를 잘 찾는다면 적절한 간격이 자연스레 생겨난다.

어떤 경우에 그 간격은 수시로 변한다. 고양이는 내 무릎 위에 앉아 있다가 캣타워 꼭대기에서 나를 내려다본다. 내가 알지 못하는 어떤 이유로 건넌방에서 꼼짝 않고 식빵을 굽는다. 가까워졌다 멀어지기를 반복하면서 우리는 같이 산다.

　　지금 내 옆에 있는 누군가는 축복이다. 서로에 대해 완전히 알지 못한다는 건, 알 수 없다는 건 상큼한 스릴이다. 우리는 그렇게 서툴지만 같이 산다.

최정화

아내와 함께 시간을 보내는 게 나에겐 가장 즐거운 순간이자 평온함이다. 이런 시간을 보낸 지도 이제 얼추 10년이 다 되어 간다.

문득, 이런 생각이 든다. 오랜 시간 함께 있음이 익숙해져 즐거워진 것인지, 순전히 함께 있는 것이 즐거운 건지.

사실 뭐가 되었든 중요하진 않다. 오늘도 여느 때와 마찬가지로 아내와 함께 대부분의 시간을 보내고 있고, 그것이 나에겐 더 없는 평온이며, 이런 평온이야말로 나의 이상향이기 때문이다.

그렇다고 해도 이런 감정은 전반적인 뉘앙스를 대변할 뿐이다. 사람의 감정은 시시때때로 변하지 않던가. 자세히 들여다보면 파도의 순간처럼 저마다 시시각각 감정의 모양새가 다르다. 누군가와 함께 살아간다는 것은 몇 가지의 감정이나 에피소드로 결론을 도출할 만큼 평면적이지 않다. 공교롭게도 나의 평온은 그저 삼만칠천육백면체의 단 한 면일 뿐이다.

때로는 서로를 너무 좋아하기 때문에 작은 것에도 필요 이상의 상처를 받기도 하고, 서로만 바라보는 시간이 많기 때문에 가끔 타인에게 무뎌지기도 한다. 이젠 더 새로울 것이 없을 만큼 익숙해서 그만큼 덤덤하고 무심할 때도 있다.

그럼에도 불구하고 전혀 예상치 못한 찰나에 아내의 새로운 모습이, 나의 엉뚱한 모습이 불쑥 튀어나오기도 한다. 새로운 단면의 수집이다.

누군가와 무언가와 살아간다는 것은 미지의 영역이다. 정답이 없다. 나와 아내가 서로 다르듯 누군가와 당신이 서로 다를 테니.

어쨌든 간에 아무쪼록 우리 모두 다 같이 잘 살아봅시다.

아자아자 파이팅. (요즘 이 말에 너무 심취해 있습니다. 양해 바랍니다.)

일이

차례

1979년생 소설가.

사랑하는 고양이와 식물들과 함께 살고 있습니다.

결혼 생각이 없지도 있지도 않지만

지금이 충분히 만족스러워요.

1980년생 에세이스트.

사랑하는 아내와 둘이 살고 있습니다.

어딘가 운명적인 짝은 있는 법.

제 인생은 아내를 만나기 전과 후로 나뉘어요.

혼자 살든 둘이 살든 여럿이 살든
사람은 누구나 가끔 혼자라는 기분에
외로워질 때가 있어요.

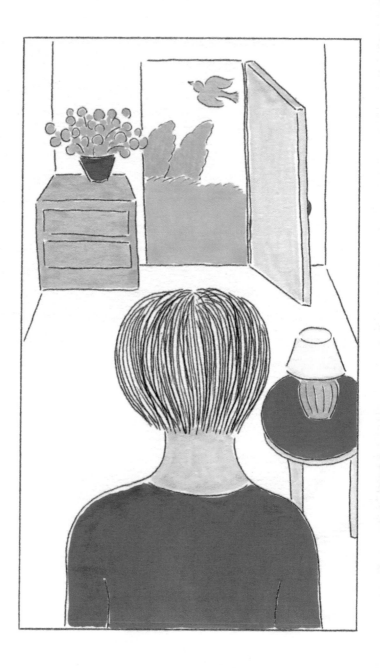

그런데 그거 아세요?

세상에 완전히 혼자인 사람은 아무도 없어요.

우리는 모두
서툴지만 같이
살아가고 있어요.

PART 1

우린 모두
다른 사람

그냥 그런 사람,
그냥 그런 식물

최정화

TO. 일   12.01.

이렇게 글로 만나게 되어 반갑습니다.

12월의 순조로운 항해를 기원하며 첫 글을 띄워요.:)

짧은 소설집《오해가 없는 완벽한 세상》의 프로필 사진을 찍어 준 소영이를 연희동의 한 파스타 전문점에서 만났다. 종종 가는 연남동 맛집이라며 소영이 추천했다. 나름 출간 기념 파티라고 잔뜩 들떴다가 메뉴판을 보고 조금 실망했다. 봉골레, 살시차, 은두야 세 가지가 전부였기 때문이다. 이게 뭐냐, 파스타뿐이네. 살짝 실망하고 있는데 소영이 도착했다. 나는 소영에게 소설책을 전하고, 소영은 작은 화분에 담긴 애기장미찔레를 내밀었다. 꽃나무를 기르는 건 첫 경험이 되겠네. 새 친구를 소개받아 살짝 긴장이 됐다.

파스타는 아주 맛이 좋았다. 파스타를 입에 넣는 순간, 으음 메뉴가 파스타뿐이고 종류가 세 가지인데는 이유가 있구나, 싶었다. 소영에게 사실 처음에는 이곳이 별로 당기지 않았다고 고백하니 "언니, 자기 얘기 잘 못하는구나." 한다. 그 말에 고개를 끄덕였다. "응, 내가 그래."

나는 내 생각을 잘 말하지 않는다. 좋아도 응, 싫어도 응, 별로여도 그래. 어쩐지 그게 편하다. 심리적으로 문제가 있는 건 아닌가 잠시 고민했는데 성격 테스트를 해 보니 원래 그런 사람이란다. 자기 생각을 잘 이야기하지 않아서 다른 사람들이 그 사람에 대해 알 수 없어 하는 타입이라고. 테스트 결과를 읽고 나니 괜히 마음이 놓였다. 그렇구나. 나는 그냥 그런 사람이구나, 하고.

우아하고 아름다웠던 애기장미찔레는 집에 들인 순간부터 급속도로 메말라 가기 시작했다. 부드러운 이파리를 하나씩 떨어뜨리더니 어느새 이파리가 세 장밖에 남지 않게 됐다. 흙은 축축한데 물을 빨아들이지 못하는 것 같았다. 앙상한 줄기 아래로 바싹 말라 바스라진 노란 이파리만 수북이 쌓였다.

미미꽃방에 들러 애기장미찔레의 상태를 상담받았다. 야생화는 집 안에서 키우기 어렵다는 설명을 듣고, 특히 햇빛과 통풍이 중요하다는 조언을 마음에 챙겼다. 애기장미찔레를 두었던 곳은 안방의 창가. 햇볕이 제일 잘 드는 위치지만 날씨가 추워지면서 창문을 여는 일이 하루에 두 번도 채 될까 말까였다. 결국 바깥 공기를 가장 잘 쏘일 수 있는 곳으로 자리를 옮겼다. 베란다는 옆 건물과 바짝 붙어 있어서 볕은 들지 않지만 만약 통풍이 문제였다면 이쪽이 낫겠다

싫었다. 그렇게 자리를 옮기는 동안 잎이 두 장 더 떨어져 이제 한 장만 남았다.

그리고 며칠 지나지 않아 애기장미찔레는 새순을 틔웠다. 베란다는 우리 집에서 가장 춥고 어두운 곳으로, 언뜻 보기에는 식물에게 최악의 장소 같았다. 하지만 문제는 통풍이었던 모양. 그렇게 애기장미찔레는 무사히 자기 자리를 찾았다.

식물들도 각자의 개성이 넘친다. 문샤인은 물을 자주 주면 오히려 힘들어하고, 보스턴고사리는 창가의 환한 볕을 별로 반기지 않는다. 홍콩야자나무는 병에 걸려 거뭇해졌다가도 애정을 쏟아 주면 다시 살아날 만큼 생명력이 강한 종이고, 까다롭지 않아 통풍구 없는 화장실에서도 잘 지내는 스파티필름도 있다.

식물을 들이게 되면 나는 가장 먼저 자기 자리를 찾아 준다. 자리만 잘 찾으면 할 일의 절반은 마친 셈이다. 파키라를 창가에 놓아두니 하루가 다르게 새 잎을 뻗어 냈다. 무성하게 자란 이파리를 잘라 수경 재배하고 있는데, 그렇게 따로 화병으로 옮겨 기르는 이파리만 여덟이다. 파키라는 아이 여덟을 낳고도 이후에 계속해서 잎을 틔웠다. 그 왕성한 출산력을 경계한 나머지 나는 창가에서 컴퓨터 책상 옆으로 파키라의 자리를 옮겼다(함께 사는 가족 중 누군가가 계속 아이를 낳는다고 생각해 보라. ㅠㅠ). 그렇게 환경이 열악해지자 출산왕 파키라는 다른 평범한 식물들처럼 느긋해졌다.

우리 집에는 열일곱 분의 식물 대가족이 살고 있다. 나와 고양이까지 합치면 모두 열아홉. 1인 가구지만 나는 혼자 살지 않는다. 나는 둥근 잎, 작은 잎, 가시가 달린 줄기와 부드럽게 휘어지는 줄기와 함께 산다. 물 위로 길게 뻗은 통통한 뿌리와 흙 속으로 잔가지를 내민 가느다란 뿌리와 산다. 멋스러운 구멍이 난 잎과 살고, 뿌리도 잎도 없는 폭신폭신한 이끼와 산다.

식물을 기르며 존재를 배운다. 식물에게는 당연히 창가 자리가 상석이라고 생각한다면 오산이다. 식물이니까 당연히 물을 좋아할 거라는 것도 오산. '식물인데 아마 그렇지 않을까?'가 통한 적은 한 번도 없다.

애기장미찔레가 베란다 된장 통 옆에서 가장 행복해할 줄은 상상도 못했다. 애기장미찔레에게 왜 그러냐고 묻지 않는다. 따뜻한 방 안이 좋지 않느냐고 설득하지도 않는다. 너는 그냥 그런 식물.

나에게 묻지 않는다. 나는 왜 그럴까, 왜 이러는 걸까. 고치려 들거나 탓하고 미워하지 않는다. 나는 그냥 그런 사람.

고양이는 원래
흙 위에다 똥을 싼다

일이

TO. 최   12.06.

함께 작업할 수 있게 되어 감사한 마음입니다.

제가 있는 부산은 아직 가을 같은 날씨입니다.

낮에는 10도 넘게까지 올라가 제법 따뜻한데 서울은 춥겠죠?

애기장미찔레와 나머지 식구들이 이번 겨울도 건강히 보내기 바랍니다.

저는 즐거운 마음으로 다음 이야기를 기다리고 있겠습니다.

우리 집에는 작은 테라스가 있다. 테라스 맞은편에는 4미터 남짓 되는 돌담이 길게 늘어서 있다. 테라스와 돌담 사이에는 사람의 발길이 닿지 않는 공간이 있는데, 그곳엔 다양한 식물들이 풍성하게 자라고 있어 꽤나 그럴싸한 정원 같다. 그 정원 같은 곳은 길고양이들에게 아지트이자 대개 교통의 요지에 있는 커다란 환승센터인 듯하다. 하루에도 여러 고양이들이 그곳에 들러 햇볕을 쬐다 또다시 어딘가로 떠나곤 한다. 초록의 갖가지 식물들과 제각기 다른 무늬와 색상을 뽐내는 고양이들의 조화, 그리고 그 사이로 내리쬐는 아름다운 햇살이 흡사 완벽하게 세팅된 어느 영화 속 한 장면 같다. 볕을 가득 머금은 날의 풍경과 그 분위기는 평화롭기 그지없다. 나는 이 평화를 사랑한다.

그런데 이를 방해하는 게 하나 있다. 바로 테라스와 정원의 경계를 구분 짓는 인공구조물이다. 허벅지 정도 높이의 콘크리트 벽이 있고 그 위로 철제로 된 난간이 2미터 남짓한 높이로 놓여 있다. 창살 두께가 비교적 얇긴 하지만 꽤나 촘촘해 시야를 방해한다. 방해가 되긴 해도 풍경이 아예 보이지 않는 건 아닌데 그 난간이 어쩐지 내게 이 아름다운 평화는 내 것이 아니라고 말하는 것만 같다. 차가운 철로 된 새까만 난간은 외부로부터의 침입을 막기 위해 만들어졌을 텐데 그 처음의 의도와 달리 단절의 기운을 뿜어냈다.

처음 이사 왔을 땐 몰랐다. 그럴 수밖에. 테라스의 낭만에 흠뻑 젖어 난간 따위엔 시선이 가지 않았으니까. 우리의 시선과 마음을 사로잡는 대부분의 것들이 그러하듯 처음에는 좋은 것만 눈에 보이기 마련이다. 그런 이유로 이사 초기에 테라스 바깥세상은 중요치 않았다. 그곳은 엄연히 나의 공간이 아닌 데다, 내가 가진 활동 에너지의 대부분을 테라스를 꾸미는 데 쓰고 있었기 때문에 거기까지는 살필 여력도 없었다. 테라스를 꾸미는 것만으로도 충분히 행복했고 보람찼으며, 난간의 창살 틈으로 초록이 보이는 것만으로도 충분히 좋았다.

테라스 인테리어 작업에서의 우선순위는 색상 톤 변경이었다. 검푸른 빛이 감도는 칙칙한 회색 벽을 단아하며 실패가 없는 크림색으로 바꾸고, 바닥에는 조립식 나무 데크를 깔았다. 아무리 외부용 데크라 해도 나무와 물은 상극이라 오일스테인을 꼼꼼하게 두어 번 펴 발랐다. 벽과 바닥 색만 바꿨을 뿐인데 한층 화사해진 느낌이었다. 이사 오기 직전에는 작은 텃밭만 꾸릴 수 있다면 테라스는 그걸로 충분하다고 생각했는데 사람 욕심이라는 게 참⋯⋯. 막상 깔끔하게 정리된 공간을 보니 무언가 채우고 싶어졌다. 텃밭을 만들고 자주 먹게 될 채소와 허브 몇 가지를 심자던 소박한 목표는 어딘가로 증발해 버리고 텃밭은 어느새 뒷전이 됐다.

대신 새로운 공간을 꾸미고 취향에 맞는 물건들을 채워 넣는 일에 몰두했다. 그 일은 내겐 마치 늪 같다. 나도 모르는 새 빠져들어 온몸에 진흙을 잔뜩 묻히고 허덕이게 된다. 누군가 건져 주지 않으면 깊고 깊은 알 수 없는 어딘가까지 가야만 끝이 난다. 이번에도 역시 그랬다. 파라솔과 선베드, 안락의자, 텃밭을 가꾸는 데 필요한 도구들을 정리할 상자와 그것들을 놓을 가구며 세면대와 수전 같은 설비까지 모두 교체하고 나서야 끝이 났다. 그제야 증발해 버렸던 내 목표가 다시금 뭉게뭉게 피어올랐다. 아, 텃밭!

정신을 차리고 텃밭을 커다란 플라스틱 상자에 꾸렸다. 배수가 잘되도록 상자에 구멍을 뚫고 작은 돌멩이와 뽀송뽀송한 흙을 잘 배합해 깔았다. 세 개의 상자에 고추와 상추, 깻잎 그리고 루콜라와 딜을

심었다. 가지런히 놓여 있는 상자 속 초록의 채소들을 보고 있으니 괜스레 흐뭇해졌다. 공장에서 만들어 낸 가공품들 사이에서 초록의 식물들은 단연 돋보였다. 정형화되지 않은 유려한 형태와 윤기 흐르는 표면이 특히 아름답다. 확실히 식물들은 공간이 생기를 머금을 수 있게 해 주고, 그 생기가 결국 공간을 완성하는 것 같다.

세 평 남짓한 작은 공간에 불과하지만 아내와 나에게 테라스는 소중한 곳이 됐다. 특히 세탁기에서 갓 나온 빨래를 힘껏 털어 건조대에 널 때면 짜릿하기까지 하다. 먼지가 날릴 염려 따위 하지 않아도 된다는 소박한 사실이 이토록 큰 기쁨이 될 줄이야. 그뿐이랴. 길고양이에게 사료를 챙겨 줄 때, 작은 새들이 통통 뛰어다니는 귀여운 모습들을 볼 때, 초록이 가득한 정원을 바라보며 여유롭게 커피를 마실 때는 지금껏 테라스 없이 어떻게 살았나 싶다.

가지지 못했을 땐 테라스가 있는 집이기만 하면 다른 게 조금 부족해도 감내할 수 있다고 확신했다. 분명 그랬는데 테라스를 다 꾸민 지금에 와서는 언제 그랬냐는 듯 새로운 욕심이 생겨난다.

'정원과 테라스를 구분 짓는 저 차가운 철제 난

간만 없으면 이 기쁨을 더 온전하게 누릴 수 있을 것 같다.'

어차피 사람의 발길이 닿지 않는 곳인데 이런 난간 따위 없어도 그만이라고 생각했다. 며칠 고민을 하다 용기를 내 난간을 걷어 냈다. 그렇게 정원과 테라스의 경계가 사라졌다. 그리고 얼마 지나지 않아, 인공구조물로 만들어진 장벽이 사라진다는 것, 그것의 의미가 무엇인지 직접 경험하고 깨닫게 되는 사건이 일어났다.

난간이 사라지고 가장 좋았던 건 시야가 트여 초록을 오롯이 누릴 수 있게 되었다는 것이었고, 두 번째는 길고양이에게 사료를 주기가 편해진 것이었다. 정원과 테라스 바닥의 높이가 서로 같지 않은 탓도 있었지만 쇠창살 사이로 손을 넣어 사료 그릇을 바닥에 두고 또 수거하기가 여간 불편한 게 아니었다. 그런데 이젠 그 아크로바틱한 손놀림 없이 그냥 툭 놓기만 하면 된다. 별거 아니라고 생각할 수 있겠지만 매일 하는 일이 매끄럽게 되지 않는다는 건 여간 불편한 게 아니다. 뭐 어쨌든 중요한 건 그게 아니다. 경계가 사라지고 길고양이들이 테라스를 침범하기 시작하면서부터 사건이 시작됐다.

난간이 있었을 때도 고양이라면 충분히 들어올 법한 곳이었다. 하지만 일절 그런 적 없던 아이들이다. 그런데 이제는 하루에도 수차례 여러 고양이들이 경계를 넘어 테라스로 들어온다. 고양이를 좋아해 사료를 챙겨 주고 있긴 하지만 그렇다고 만지고 싶거나 집사로 간택당하고 싶은 마음은 아니었기에 그들이 나의 영역으로 들어온 게 썩 좋지는 않았다. 그렇다고 잠시 쉬었다 가거나 밥을 달라는 식의 가벼운 퍼포먼스가 전부인 고양이들이 그리 신경 쓰일 정도는 아니었다. 도리(털이 목도리를 두른 것처럼 난 길고양이에게 붙인 이름)가 텃밭에 분뇨를 갈기는 걸 보기 전까진 말이다.

그 장면을 보는 순간, 나의 이성과 감성을 담당하는 뇌의 부분에 기능 저하가 오는 게 느껴졌다. 더군다나 관상용 식물도 아니고 내 입으로 들어갈 채소가 있는 텃밭이라니……. 덧붙여 분뇨를 덮으려는 도리의 앞발질에 텃밭 주변이 늘 지저분해졌다. 그때부터 고양이들, 특히 도리와의 신경전이 시작됐다. 통할 리가 없지만 좋은 말로 어르고 달래도 보고 성큼 다가가는 제스처로 쫓아내 보기도 하고 사료를 저 멀리 놔두기도 해 봤지만 소용없었다. 도리의 텃밭 테러는 막을 수가 없었다. 급기야 사료 공급을 중단해 보기도 하고, 사료 알갱이를 집어던지는 시늉까지 하며 위협을 가해 보기도 했지만 이마저도 무력했다. 방법이 없을까 아무리 떠올려 봐도 내가 할 수 있는 거라곤 난간을 다시 설치해서 경계를 만들거나 원인 제공을 하는 텃밭을 치우는 것뿐이었다. 허망했다. 고양이 똥 때문에 테라스를 통해 얻었던 소박한 내 행복이 무너지는 건가 싶었다.

내 행복? 행복이라…… 행복이라는 단어에 머물러 생각에 잠겼다. 도리가 어떻게든 텃밭에서 용변을 봤던 건 그럴 수밖에 없는, 그것이 도리에게 있어 빼앗길 수 없는 행복이었는지도 모르겠다. 한 발짝 물러나 상황을 돌이켜본다. 정작 경계를 허물어 버린 건 나 자신이 아니었던가. 그리고 애초에 이 영역의 사용자는 도리였을지도 모른다. 나의 기준이 세상의 질서도 아닌데 마치 그런 것처럼 굴었다. 나와 도리는 기준이 서로 다르다. 제아무리 거기는 안 된다고 해 봐야 그게 무슨 소용이겠나. 내가 바꿔 줄 수도 없고 그럴 필요조차 없다. 고양이는 원래 흙 위에다 똥을 싼다. 도리에게 텃밭이란 퍽 근사해서 도저히 지

나칠 수 없는 화장실인 것이다. 그뿐이다. 아내와의 결혼 생활을 통해 충분히 깨달았다고 생각했는데 그렇지 않았다. 대상이 바뀌니 무용지물이었다.

있는 그대로 받아들이는 것. 고양이와 내가 다르듯 너와 나 그리고 우리는 모두 다 다르다. 우리가 서로 다른 것을 인정하지 않고 각자의 기준만 고집하게 되면 차가운 철제 난간은 더욱더 굳건하게 자리하고, 그것은 머지않아 우리를 단절시킬 것이다. 아무리 가까운 사이라도 예외는 없다. 그런 존재일수록 더 인정해 줘야 한다.

'원래 그런 건 바꿀 수도 없고 바꾸려 해서도 안 된다.'

아내와의 결혼 생활에서 배운 걸 오늘 고양이 똥을 바라보며 다시금 되뇐다.

뒤뚱뒤뚱
요가매트 구입기

최정화

TO. 일   12.13.

텃밭 꾸미기 같은 어떤 일에 빠져들 때가 있다는 부분을

흥미롭게 읽었어요.

지금은 일부러 작가님에 대한 정보를 찾지 않고

마음껏 상상의 나래를 펼쳐 보는 미지의 시간으로 두고 있답니다.

조용하고 평정한 심성의 한 사람이(제 상상이에요) 모처럼 열정적으로

베란다를 꾸미는 장면을 떠올리자 어쩐지 마음이 좋아졌어요.

주말 나들이로 신사동에 있는 요가 용품 매장을 방문하기로 했다. 물건은 뭐든 오프라인 매장에서 직접 눈으로 보고 손으로 만진 뒤에 구입하고, 요가에 진심인 편이라 유명한 요가 용품 전문점 구경도 할 겸 흔쾌히 집을 나섰다. 휴대전화로 매장 주소를 검색해 인터넷 지도를 따라 찾아가던 중 슬슬 불길해진다. 아무래도. 혼자서. 매장을. 찾을 수. 없을 것 같다.

　　나는 인터넷 지도 길치다. 출발지와 도착지가 한눈에 펼쳐진 지도를 보면서 내 위치를 스스로 계산하면 쉽게 찾아갈 수 있는데 그저 움직이는 화살표 신호를 따라가면 되는 최신식의 길 찾기 서비스는 어렵고 불편하다. 분명 화살표를 따라 움직였는데 매번 다른 장소에 도착한다. 호흡을 가다듬고 '나는 할 수 있다!'라는 주문을 스스로에게 반복해서 들려주며 몇 번이나 도전하다 결국 포기했다. 어쩔 수 없이 매장에 전화를 걸었다. 친절하게 설명해 줄 거라 생각했는데 돌아온 대답은 냉랭했다. "네이버 지도 찾아보시면 상세히 나와 있습니다."

　　그건 알고 있고 몇 번이나 해 보았는데 제가 인터넷 지도 길치라서요, 라는 대답은 내밀어 보지도 못하고 들어간다.

다시 지도를 이리 보고 저리 돌려도 보았다. 지나쳐 갔다가 다시 되돌아왔다. 그 와중에 마음에 드는 매장은 무심히 지나치지 못하고 흘끗거렸다. 길을 건넜다가 건너오고 이리저리 분주하게 헛걸음만 걷다가 처음부터 다시 시작하기로 했다. 그렇게 가로수길 입구로 되돌아가 또다시 주소를 넣고 처음인 것처럼 걷기 시작했다. 5분 거리에 있는 매장에 30분 만에 도착! (늘 이런다. 그래서 항상 약속 시간보다 한 시간 정도 일찍 출발한다.)

당신이 좀 전에 내게 친절을 베풀지 않았으니 나도 구태여, 라는 좀 뾰로통한 심정이 되어 매장에 들어서면서 인사도 하지 않았다. 조용히 물건만 구경하다가 가쁜 호흡이 잦아들고 나서야 대화가 오가기 시작했다.

"이거 소재가 천연고무 100퍼센트 맞나요?"
"가격이 얼마죠?"
"더 얇은 건 없어요?"

요가 매트를 사려는 이유는 거실 인테리어용이다. 요가 매트 두 장을 이어 붙여 바닥에 깔아 두니 분위기가 명랑하고 경쾌해져서 요가 매트로 바닥 전체를 채워 볼 생각이었다. 그러니 궁금한 건 매트의 소재와 가격. 매니저라면 그런 기본적인 질문에는 척척 대답해 줄 줄 알았는데 매번 인터넷 검색을 하고 장부를 찾아본 뒤에야 한 박자 늦은 대답이 돌아왔다. 매니저라도 기본 정보를 외우지 못할 수 있지.

나는 대부분의 사람들이 쉽게 하는 일을 어려워하고, 어려워하는 일을 쉽게 해결하는 편이라서 그런 일에는 곧잘 수긍한다. 매니저는 나와 대화를 좀 나눈 뒤에 창고에서 다른 매트를 꺼내 왔다. 가격이 부담된다면 할인하는 제품을 소개해 주겠다고 했다.

단, 색상은 선택할 수 없다고 했는데 그녀가 창고에서 들고 나온 매트는 파란색. 행운이다! 집에 있는 보라색, 와인색과 꽤 잘 어울리는 로열 블루다. (동거묘 먼지의 발톱 스크래치 테러를 당해 뒤집어 깔아 둔 오버진 계열의 보라색 매트 옆에 깔면 그만일 거라고 속으로 쾌재를 부르며) 망설임 없이 결정했는데 할인하는 제품은 현금으로만 계산해야 한다는 말에 주춤해 버리고 말았다. 손바닥보다 작은 카드지갑에 5만 원 이상 들어 있는 일은 좀처럼 없었고, 요즘 세상에 인터넷 뱅킹을 하지 않는다고 하면 언제나 반쯤 당황이나 놀림 섞인 부정적 답변을 듣게 마련이었다.

휴대전화로는 인터넷 뱅킹을 하지 않는다고 말하자 매니저는 "저도 휴대전화로 인터넷 뱅킹 안 해요."라며 웃는다. "저도 요가 하는 사람인데 그냥 가져가시고 은행에서 계좌이체 해 주세요."

좀 전에 통화했던 그이가 맞나 싶을 만큼 따뜻한 웃음이 되돌아온다. 메모지에 꾹꾹 눌러 적은 단정한 글씨체의 열한 자리짜리 계좌번호를 받아 들고, 이렇게 가끔은 생각보다 따뜻한 세상이라니까, 푹신해진 마음으로 돌아서는데 다시 단호한 목소리로 그녀가 말한다.

"찾아오실 때는 네이버 지도입니다."

이것저것 다양한 두께와 색상의 매트를 둘러보느라 굽은 허리를 다시 꼿꼿이 편다. 따뜻함을 전해 받았으니 나도 되도록 따뜻하게 감사하다는 인사를 건네고 매장을 나섰다. 냉탕과 온탕을 오가며 피부를 적당히 단련한 기분, 숙이고 젖혀서 앞뒤 근육을 적절히 정돈한 느낌. 할인가에 '득템' 한 파란색 요가 매트를 어깨에 메고 역을 향해 걷기 시작한다.

인터넷 지도를 보고 길을 잘 찾는 사람은 지도를 보고도 길을 못 찾는 사람을 이해하지 못한다. 휴대전화로 인터넷 뱅킹을 안 하는 사람은 휴대전화로 인터넷 뱅킹을 안 하는 사람을 이해할 수 있다. 단순하고 당연한 진리다.

충분히 허용될 거라고 생각했는데 거부 반응이 되돌아오면 기분이 상한다. 거절해도 어쩔 수 없겠다고 체념했는데 뜻밖에 이해받을 때는 반갑고 고맙다. 허용되지 않을 때의 당혹스러움은 그저 나와 다른 사람을 만났을 때의 차이라고 덤덤하게 지나가고, 의외의 상황에서 이해받을 때의 감사함은 나와 비슷한 사람을 만난 안도의 시간으로 여긴다면 타인의 말 한마디에 뒤뚱거리는 일 없이 중심을 잡을 수 있다.

요가는
함께여야 할 수 있다

일이

TO. 최   12.20.

지난 주말부터 갑자기 추워졌는데, 무사하시지요?

대학 입학과 동시에 독립을 했었는데 그로부터 약 10여 년간 겨울은

추위와의 전쟁이었어요. 그래서인지 본격적인 겨울이 시작되면

'추운데 어떠냐?'라는 인사가 습관이 되어 버렸죠.

마치 '식사하셨습니까?'처럼요. 습관적으로라도 몇 번이고

여쭤 볼지도 모르겠어요. 그냥 인사인가 보다, 라고 생각해 주세요.

작가님의 글을 읽으면서 어쩌면 우리는 MBTI가 같거나 유사하지 않을까

유추해 봅니다. 같은 재질이랄까요?

운동을 더는 미룰 수 없는 나이가 되어 버렸다. 그렇게 생각하고 있다. 공감이 될는지 모르겠지만, 운동을 하지 않고선 지금의 건강 상태를 유지하는 게 불가능해졌다. 먹는 양은 예나 지금이나 큰 차이가 없다. 그렇지만 개탄스럽게도 내 몸뚱이 연식이 좋지 않다 보니 기초대사량과 근육량이 감소하기 시작했다. 슬프다. 예전의 나와 똑같은 양의 음식을 먹는데도 살이 찌다니. 가혹하기 그지없다. 이렇게 만들어진 지방 덩어리가 만병의 시작이자 근원이다.

움직이는 걸 싫어하지는 않는다. 면밀히 따지고 보면 꽤 좋아하는 편이다. 캠핑을 좋아하고 산책, 등산 같은 가벼운 야외활동도 즐길 줄 안다. 그런데도 이상하리만치 운동은 끔찍하게 싫다. 하여 나는 이 나이가 되도록 제대로 된 운동을 해 본 적이 없다.

이런 내가 어떤 운동을 시작하게 됐다. 나라는 인간에게 운동이라 함은 응당 종목을 가리지 않고 다 싫지만, 그중에서도 단연 최고가 무엇이냐 물어본다면, 그 질문이 음파가 되어 내 고막에 닿아 뇌로 전달된 후 대답으로 완성되기까지의 시간은 고작 0.5초 (마음은 더 빠르게 답하고 싶은데 역시 몸이 따라 주질 않는다. 이것도 나이 탓은 아니겠지). 그래, 맞다. 바로 그 운동. 그 끔찍한 운동을 나는 지금 하고 있다. 그 이름도 찬란한 요가.

　　선천적인 건지, 후천적인 건지 무엇이 진실인지는 모른다. 이제 와서 그런 게 중요한 건 아니지만, 분명한 건 내가 지독하게 뻣뻣한 육체의 소유자라는 것이다. 각목만큼이나 곧은 이 망할 몸뚱이 덕분에 나에게 요가는 고통이라는 단어와 그 뜻을 같이하고 있다. 그러니까 나는 매주 월요일과 수요일에 고통을 마주하기 위해 요가원으로 간다. 요가원과 집은 자동차로 30분 거리에 있다. 지각을 싫어하는 성격 탓에 수업 시작 한 시간 전에 집을 나선다. 이동, 대기, 수련까지 도합 두 시간 정도가 소요된다. 여기에 대략 출발 한 시간 전부터 곧 마주하게 될 고통을 떠올리며 초조해하는 것까지 치면 대략 세 시간 정도, 겉은 고요하지만 속은 소란스러운 시간을 보낸다. '겉고속소'의 시간이랄까(하하하. 머쓱).

　　사실 이 정도 고통이라면 진즉에 때려치울 법도 한데, 지각 한번 하지 않고 몇 개월째 잘 다니고 있다. 말하는 것과는 매우 다르게 말이다. 제일 싫어하는 운동도 요가라고 하고, 요가랑 맞지 않는 몸이라고 주장하면서 도대체 요가를 왜 하는 거냐고 물으신다면, 대답은 명료하다. 아내 때문이다. 과정은 쏙 빼고 결과만 놓고 이야기하자면, 현재의 나는 요가를 꽤 좋아하게 됐다. 이젠 좋아하게 됐으니, '때문'보다는 '덕분'이라고 말하고 싶다.

요가가 좋아졌다고 해서 물론 고통이 사라진 건 아니다. 여전히 고통스럽고 가능하면 피하고 싶은 운동인 것은 변함이 없다. 그럼에도 불구하고 계속해서 요가원을 다닐 마음의 준비는 되어 있다. 모순이라면 모순인 이 요상한 아이러니를 어떻게 설명해야 하나 (고통을 즐기는 타입의 변태는 아니다).

처음 요가원에 갔을 때는 도무지 이해가 되질 않았다. 돈을 주고 극기 훈련에 가까운 이 우스꽝스러운 몸짓을 도대체 왜 해야 하는 거며, 나는 여기에 왜 있는 건가 싶었다. 시쳇말로 '난 누구? 여긴 어디?'랄까. 아내의 당부가 아니었다면 내 평생 오지 않을 곳이었을 터. 그렇다. 아내의 당부에 어쩔 수 없이 나는 이곳에 있는 것이다.

아내가 어떤 마음으로 요가를 권했는지는 누구보다 잘 알고 있다. 사실, 내가 요가를 하지 않는다고 아내가 크게 손해 볼 일은 없다. 그냥 둘이 함께 뭔가를 한다는 것만으로도 좋지 않은가. 힘이 들 땐 서로 의지할 수도 있고, 운이 좋아 둘 다 요가를 좋아하게 된다면 공통의 취미도 생기고. 이 모든 걸 다 제쳐두고라도 건강 챙기자고 운동을 같이 하자는데, 매몰차게 거절할 수가 없었다. 덧붙여 아내는 고통의 크기가 감당하기 힘들 정도로 크다면 언제든 그만둬도 좋다고 말해 줬다. 이 정도까지 부탁하는데 어쩌겠나. 해야지. 거절을 하고 싶어도 그 이유가 너무 빈약했다. 왠지 묘수에 걸려 빠져 나갈 수 없게 되어 버린 것도 같다. 이제 와 하는 말이지만 고통이 극심한 날에는 당장 그만두겠다고 말하고 싶었던 적이 한두 번이 아니었다.

그때마다 난 울먹이는 표정과 심정으로 그리고 짜증 섞인 말투로 푸념하기 일쑤였다. 아내에게 상처를 주지 않고 그만두기 위한 구실을 만들기 위해 밑밥을 깔고 깔았다. 그렇지만 딱히 소용은 없었다. 그때마다 아내는 한결같이 위로해 줬다. 괜찮다. 괜찮다. 괜찮다.

괜찮다는 말에 또 하루를 넘기고, 또 하루를 넘기다 보니 보이지 않았던 요가의 세계가 미세하게 보이기 시작했다. 그저 고통스러운 운동이었는데 이제 이 고통을 마주할 수 있게 된 것이다. 내 영혼을 돌보는 것에는 최선을 다하며 살았다. 하지만 그에 반해 영혼의 안식처인 육신에 대해서는 너무나도 무신경했다. 마음을 돌보듯 몸도 돌봐야 하는 것임을 말이다. 요가를 하며 찾아오는 고통들은 그동안 내가 내 몸을 돌보지 않음에서 오는 것이다. 그렇게 생각하니 그제서야 이 지독한 고통들이 이해가 됐다. 앞으로 얼마나 많은 고통을 견뎌야 할지 모르겠지만 차근차근 하다 보면 요가 동작은 물론이거니와 균형 잡힌 자세를 일상에서도 할 수 있지 않을까.

만약 나 혼자였다면 어땠을지도 생각해 본다. 나는 분명 스스로의 의지로 요가원의 문턱을 넘지 않았다. 아마 그런 일은 이번 생에는 일어나지 않을 것이다. 이미 문턱 너머의 세계를 살짝 엿본 나로서는 섭섭한 일이다. 불가능에 가까운 일이 현재 진행형인 것은 스스로 느낄 수 있도록 끝까지 포기하지 않고 기다려 준 아내가, 나의 모진 투덜거림을 견뎌 준 아내가 있었기에 가능하지 않았을까. 혼자서는 도저히 넘을 수 없는 것도 둘이라면 가능할 때가 있다. 그 너머에 있는 값진 것들을 얻기 위해서는 어떤 형태든 고통이 따르기 마련이다. 이 또한 함께라면, 비록 힘들더라도 견뎌질 때가 있다. 함께는 그걸 가능하게 한다. 맞잡은 손은 생각보다 그 힘이 세다.

언젠가 우리 앞에 이 같은 일이 또 펼쳐진다 해도 함께라면 가능하리라 믿어 의심치 않는다.

4분의 5박자로 걷기

최정화

TO. 일   12.27.

여긴 산밑이고 나무틀 창문이라 추운 집인데

전 추위를 즐기는 타입인가 봐요.

겨울도 좋아해요.

MBTI가 같을지도요. 전 INTP입니다.

나는 집에 있을 때 가장 조신하게 지낸다. 숨을 쉬는 행위가 다른 존재를 해칠까 싶어 천으로 입을 가리고 다녔던 자이나교도처럼. 음악을 크게 틀어 놓는 일도 없다. 설거지를 하다가 흥에 겨워 엉덩이를 흔들다가도 얼른 알아채고 움직임을 멈춘다. 빨리 걷는 일도, 목소리를 높이는 일도 없다. 전화 통화도 되도록 삼가는 편이다.

하우스메이트인 먼지로 인해 생긴 변화다. 먼지는 함께 산 지 10년 정도 된 고양이. 함께 산 지 얼마 지나지 않아 심장중격결손이라는 희귀병 진단을 받았다.

조금만 뛰어도 숨이 가빠 오는 개구호흡, 스트레스를 받으면 일어나는 발작, 고양이답지 않은 어딘지 투박한 걸음걸이는 그 때문이었다. 고양이들이 환장한다는 '카샤카샤 붕붕' 같은 것도 먼지에겐 금지 품목. 장난감을 구석으로 치우고, 이 정도의 재미는 사는 데 필요하지 않을까 싶어서 사온 무드등도 포기했다. 산토샤 산토샤 샨티 샨티. 지금 그대로 만족과 평화를.

혹시라도 숨이 가빠지지는 않는지 1분에 몇 번이나 배가 오르락내리락하는지 주의 깊게 살피는 예민한 눈빛을, 자기가 숨을 잘 쉬고 있는지 확인하는 내 노심초사를 먼지가 전혀 달가워하지 않는다는 걸 깨닫고 거두었다. 그저 조용하고 편안한 일상을 보내는 게 먼지의 삶이라는 것, 먼지에게는 아픈 상황이 극복 과제가 아닌 일상이라는 것을 받아들이며 우리 사이는 더 가까워졌다.

　　매일 먹는 약이 오히려 스트레스를 악화시키는 것 같아 약을 중지했다. 건강을 회복하는 것보다 남은 생을 편안하게 보내도록 해 주는 편이 좋을 것 같아 나름 과감한 결단을 내린 것이다. 그런데 먼지는 편안함과 함께 건강도 되찾았다. 이런저런 조치를 취하는 게 아니라 그저 그의 페이스에 맞춰 가는 것이 필요했나 보다. 좀 더 느린 삶이, 좀 더 조용한 삶이. 나는 이제 먼지가 가쁘게 숨을 쉴 때 먼지를 더 편안하게 바라본다.

　　먼지가 내게 바라는 건 자기가 밥을 먹을 때 내가 곁에 있는 것이다. 혼밥은 즐기지 않는 모양이다. 지루한 것을 못 참는 내게는 상당히 지루한 일이지만 함께 사는 메이트로서 그 정도는 들어주려고 노력한다.

　　음악을 들을 때는 먼지의 허락을 받는다. 0에서

부터 볼륨을 서서히 높이면서 먼지의 귀를 본다. 볼륨 40에서 먼지의 귀가 쫑긋 서면 그 이상은 넘어가지 않는 게 좋겠구나, 하고 알아챈다.

웃풍을 막기 위해 방문에 매달아 놓은 비닐 막을 왔다 갔다 하는 정도가 먼지가 즐기는 겨울 스포츠다. 사계절 누리는 취미 생활은 동네 참견. 복도를 오르내리는 사람들의 발소리를 꽤 집중해서 듣고 있다. 마을버스 소리는 좀 무서워하는 것 같고 무슨 생각을 하는지 사람의 발소리 정도는 제법 위엄 있는 포즈를 취하고 듣는다.

가을부터 의료노동조합 잡지를 만드는 일에 인터뷰어로 참여하게 됐다. 사진사인 실장님과 함께 움직이는데 실장님은 일을 하루에 몰아서 처리하는 타입이다. 나는 일을 조금씩 나누어 하는 것을 선호하지만 함께한다는 건 내 기준을 양보하는 일, 내 귀에는 영 거슬리는 주파수에 기꺼이 몸을 움직이는 일이기도 하다. 대신 노동자들의 사진과 글이 나란히 실려 인터뷰 내용에 생동감을 더할 것이다.

아침 일곱 시에 합정역에서 출발하기 위해서는 새벽 다섯 시에 일어나야 했다. 아침잠이 많은 나는

(보통은 열 시까지 잘 때 가장 컨디션이 좋다) 새벽에 알람을 맞추고 일어나 비몽사몽간에도 먼지의 심기를 건드리지 않는 우아한 4분의 5박자 걸음을 유지하며 준비를 하기 시작했다. 시계를 힐끗거리면서도 마치 오늘은 아무 일정도 계획도 없다는 듯 우아하고 느리게. 이렇게 움직이다가는 밥은 못 먹겠네, 패스하고 세월아 네월아 주문을 외우며 되도록 더 느리게 상황과 언밸런스한 여유를 부리며 피니시 라인인 현관문에 겨우 도달했다. 문을 닫은 뒤에도 먼지가 내 발소리를 듣고 있겠지, 복도를 걸을 때도 계단을 내려갈 때도 서두르지 않고 우아한 한걸음을 내딛는다.

역 안 점포에서 파는 김밥을 순식간에 흡입하고, 지하철 안에서 이어폰을 귀에 꽂고 볼륨을 한껏 높여 헤이즈의 '헤픈 우연'을 듣는다. 그렇게 빠른 비트의 속도도 마음껏 흡입하고 약속시간에 맞춰 지하철역에 도착한 나에게 실장님은 오늘은 컨디션이 좋지 않아 보인다고 한마디 한다. 아침이면 종종 듣는 말.

"함께 사는 고양이가 빨리 움직이면 무서워하거든요. 새벽 다섯 시에 일어났어요."

우린 아침과
깊은 밤에는 혼자다

일이

TO. 최 1.3.

글을 주고받은 지 한 달이 지났고, 더불어 새해가 왔습니다.

새해 복 많이 받으세요!

무엇보다 고양이와 식물들과 건강하세요. 건강이 최고잖아요!

추신) 저는 INFP입니다.:-)

깊은 밤 특유의 분위기를 사랑한다. 내 모든 잡념과 망상은 그로부터 온다. 나의 존재를 증명해 주는 건 모두 그로부터 시작됐다. 밤의 시간을 향유하는 잡념과 망상의 우주는 아주 오래전부터 나의 세계에 존재했다. 언제인가 내게 불쑥 찾아왔던 사유와 함께 열렸다고 추정하고 있다. 그로부터 지금까지 여전히 지속되고 있다.

각설하고, 그러니까 무슨 말이냐 하면 잡념과 망상의 우주를 유영하느라 나의 밤이 길다는 말이자 그 여파로 아침잠이 많다는 이야기다.

아내도 나와 마찬가지로 생각이 많은 사람이다. 천성인 것도 있지만 화가라는 직업의 특성도 이에 지분이 높다. 생각이 많은 두 사람이 집이라는 공간에서 각자의 우주를 품고 살아간다. 생각이 많다는 게 공통점이라면, 차이점도 있다. 아침과 밤이다. 나와는 달리 아내는 아침의 시간을 좋아한다. 우리는 서로 다른 시간대에 서로 다른 우주를 탐험한다.

보통 아내는 아침 일곱 시에서 여덟 시 사이에 일어나 새벽 한 시쯤 잠이 들고, 나는 아침 열 시에 하루가 시작돼 새벽 세 시에서 네 시쯤 하루가 끝이 난다. 아내에게는 아침 두세 시간, 나에게는 늦은 밤의 두세 시간이 각자의 시간이다. 이를 제외하고 우리 부부는 늘 함께 있다. 몇 달에 한 번 정도 각자의 친구들을 만나러 나가는 시간을 제외하곤 항상 세트다. 각자의 자리에서 각자의 일을 하고 있다고는 하지만 결국은 한 공간에 함께 있다. 각자에게 주어진 세 시간 남짓한 시간도 함께라면 함께다. 둘 중 한 사람은 잠이 든 채라고 해도 함께 있다는 사실은 변함이 없으니. 타인의 시선으로 우린 24시간 365일을 붙어 있는 셈이다. 우리 역시 그렇게 생각하고 있다.

가까운 친구들은 우리가 늘 함께 있는 것에 대해 이젠 당연하게 생각한다. 벌써 8년째 무탈하게 혹은 끈끈하게 혹은 정겹게 혹은 사이좋게 잘 지내고 있으니 말이다. 이들을 제외한 사람들, 그러니까 우리와 연이 닿은 대부분의 사람들은 (친구가 많이 없다 보니) 궁금해하는 낌새다(착각일 수도). 지독하게 붙어 지내면서도 다정하다는 게 현실적으로 가능한 일인지에 대한 원초적 의문. 이런 뉘앙스의 궁금증은 뭐랄까, 어색한 공기를 걷어 낼 때 유용하다. 업무 관련 미팅이나 인터뷰 등을 할 때 아이스 브레이킹 용으로 아주 그만이다. 그래서인지 이런 유의 질문을 꽤 받는 편이다.

"늘 붙어 있으면 자주 싸우지 않아요? 싸우고 나서는 어떻게 하세요?"

늘 함께 있는 건 우리에겐 익숙하고 당연한 일상이다. 이 때문인지 모르겠지만 이 질문에 대해 깊이 생각하고 답했던 적은 없다. 그저 가볍게 말한다. 자주 싸우지 않노라고. 사실이기도 하지만 어쩐지 이런 답을 원하는 느낌이 들 때도 있다. 긍정적인 대답을 들으면 다시금 사랑을 믿어 보는 것에 패를 걸 것 같다고나 할까(역시 착각일 수도). 그럴 때면 머릿속으로 되뇐다. 누군가와 다툰다는 건 오랜 시간 함께 있느냐, 그렇지 않느냐와는 무관한 것이라고. 나는 애써 이를 말하지는 않는다. 누구나 다 알고 있는 것이기도 하고, 괜히 '라떼는 말이야'가 될까 겁이 나기도 한다.

최근에 와서야 든 생각인데, 아침과 밤, 각자의 세 시간이 존재하기에 우리에게 다툼이 없는 게 아닐까. 혼자 있는 건 아니지만 혼자인 이 시간 동안 자신에게 꼭 필요한 무언가를, 아무리 가깝다고 해도 완전히 이해할 수 없는 그 무엇을, 자아의 곳간에 차곡차곡 쌓아 뒀던 것 아닌가.

어떤 이들에겐 별것 아닌 시간일지도 모른다. 고 작해야 아침과 밤의 몇 시간. 자유를 만끽하기에는 턱 없이 부족한 시간인 데다, 그래 봐야 집에서 뭘 하 겠느냐고.

사람들은 종종 묻는다. 갑갑하지 않냐. 숨 막히 지 않냐. 부부가 24시간 365일 함께 있는 것이 누군가 에게는 숨이 턱턱 막히는 구속일 수도 있다. 우리에 겐 당연한 일이 누군가에게는 절망일 수도 있다. 나 와 다른 존재와 함께 생활을 하고 인생을 꾸려 가는 일에 대해 단 한 가지의 정답만 있을 리가 없다. 세상 에 존재하는 영혼의 수만큼 다양한 방법이 존재한다. 즉, 각자에게 맞는 방법이 있다는 말이다. 취향이 있 고 사고가 있는 존재들에게 이분법적인 시각으로 접 근한다는 게 이치에 맞지 않는다. 글로 쓰거나 말로 들으면 너무도 당연한 이야기, 타인의 이야기라면 더 더욱 당연한 이야기다. 그런데 참 이상하게도 이것이 자신의 이야기가 되면 객관성을 상실하는 것 같다. 사실 이리 말하는 나조차도 그럴 때가 많다. 녹록찮 은 일이다.

서로 다른 두 존재가 서로 다른 우주를 품고 한 공간에서 유려하게 공존하기 위해서는 각자에게 맞는 방식의 조율 혹은 협약 혹은 전쟁이 필요하다. 각자의 기호에 맞는 방식과 그에 따른 방법이 존재할 것이다. 그 과정이 누군가에게는 고통 혹은 행복 혹은 희망 혹은 또 다른 무엇일지 모른다. 정답이 없어서 나는 계속해서 '혹은, 혹은, 혹은……'이라 말한다. 아마 계속해서 그렇게 말하겠지.

한 가지 확실한 게 있다. 비록 고작 세 시간이라도 그것이 매일이 되면 충분하다 못해 넘친다. 작거나 적더라도 지속된다는 건 대체로 그렇다. 어느새 충분해진다. 그러기 마련이다.

고등어

최정화

TO. 일   1.11.

이 글을 쓰면서 이번 책을 구상하기 시작했어요.

쓰기로는 첫 글이었는데 이번에 보내 주신 글과 어울리는 것 같아 보냅니다.

교환 에세이를 쓰기 잘했다는 생각이 들어요.

기다리는 설렘과 편지를 쓰는 기쁨을 누리며 다음 주를 기다리겠습니다.

적절하지 않은 것이 오는 경우가 있다.

이를테면 고등어를 살 때, 고등어 한 마리에 얼마냐고 물었는데 생선 가게 아저씨가 "한 손에 5천 원인데, 세 손에 만 원에 줄게."라고 말씀하실 때. 웃으며 선뜻 가격을 깎아 주겠다는 호의를 거절할 타이밍을 놓치는 바람에 세 마리의 고등어를 봉지에 담아 오고는, 실은 내겐 고등어가 세 마리나 필요하지는 않다는 말을 어떻게 해야 할까 진지하게 고민해 본 적이 있다.

말과 말이 오가는 지점에는 의미 이외에도 많은 것들이 작용한다. 두 사람의 입장 차이, 다양한 대상에 대한 선호도, 라이프스타일, 목소리 차이, 성향과 성격 차이, 예절이나 선에 대한 관념의 차이. 그저 상대의 목소리가 더 클 때 목소리가 작은 쪽의 의견은 단지 음량이 작다는 이유로 묻히기도 한다. 게다가 목소리가 큰 상대가 자기 의견에 확신을 갖고 있다면 실제로 오가는 말의 내용과 달리 엉뚱한 상황이 벌어지고 만다. 5천 원이나 더 싸다면 고등어 세 마리를 사 가는 편이 당연히 이익이라고 여길 때.

우리 집에는 냉장고가 없다. 나는 냉장고의 소

음보다 조용하고 넓은 공간을 선호한다. 그래서 오래 보관할 수 있는 말리거나 절인 음식, 과일이나 뿌리 음식처럼 실온에서 오래 보관할 수 있는 음식이 아니라면 한 끼 먹을 분량을 넘겨 구입하지 않는다. 생선은 부패가 빨라서 더더욱 한 마리가 적당한데, 어쩌다 세 마리나 받아 왔으니 일단 구웠다. 조리를 하면 좀 더 오래 보관할 수 있어 한시름 놓았지만 덕분에 일주일 내내 고등어만 먹어야 했다.

우리는 곧잘 당연하잖아, 라고 말하지만, 누군가의 당연함이 언제나 다른 누군가에게도 당연한 건 아니다. 냉장고가 없는 소수자의 삶을 사는 나는 가끔 다른 소수자에 대해 생각한다. 이성끼리의 결혼이 당연한 사회에서 살고 있는 동성연애자, 한국어가 귀와 입에 익지 않은 이주노동자, 자유롭게 몸을 움직일 수 없는 장애우들의 삶이란 매사 아뇨, 저는 그렇지 않습니다, 라고 말해야 하는 순간들로 둘러싸여 있을 것이다.

일주일 내내 고등어만 먹고도 "아니오."라는 말은 쉽게 나오지 않았다. 그리고 이제는 다른 이유로 고등어를 사지 않는다. 아니오, 아니오, 아니오, 웅얼

거리는 동안 플렉시테리언에서 베지테리언이 되었기 때문이다.

순정만화를
좋아한다

일이

TO. 최   1.17.

지난번에 보내주신 글. 너무 공감되었어요.

원래 글을 받고 며칠을 고민하다가 주말에 쓰는 편인데

지난번은 받자마자 바로 썼네요.

아직 글 쓰는 게 많이 서툴러서 늘 부끄러운 마음이지만,

이번에는 더더욱 그런 기분이 들었어요.

부족한 저와 함께해 주셔서 감사하고 또 감사드립니다.

고등학생 무렵 순정만화를 너무 좋아했다. 만화방이 흥행하던 시절, 또래 친구들은 죄다 학원폭력물, 판타지, 스포츠, 무협, SF 장르들을 선호했던 것에 비하면 꽤 특이한 편이다. 단지 남자가 순정만화를 좋아한다는 이유로 학우들은 낄낄거리며 나를 조롱했다.

내 고향은 부산이다. 고향이 주는 그리움과 그를 향한 맹목적인 사랑은 내게도 있다. 그렇긴 하지만 그뿐이다. 나는 목이 찢어져라 부산 갈매기를 외치지도 않고, 매 시즌 야구장을 찾아가 롯데 자이언츠를 응원하지도 않는다. 왜냐하면 야구를 별로 좋아하지 않기 때문이다. 날 음식을 못 먹는다. 아니 싫어한다. 그 때문에 당연하게도 생선회를 좋아하지 않는다. 나로서는 자이언츠를 응원하지 않는 것과 회를 먹지 않는 것이 정상의 범주다. 부산 사람이 야구를 좋아하지 않고 회를 싫어하는 게 뭐가 그리 놀랄 일인지 모르겠다. 직장생활을 하며 내게 고향을 물었던 거의 대부분의 사람들은 어째서인지 이 대목에서 혀를 끌끌 찼다. 도대체 부산에게 돼지국밥과 모둠회와 롯데가 뭐기에……. 나는 셋 다 싫다.

병역의 의무를 다하긴 했지만 군대에 가진 않았

다. 방위산업체 근무였다. 일반병과 달리 나는 이병 제대자다. 이병은 4주짜리 기초 군사훈련을 이수하고 받은 계급이다. 여느 군인과는 다르게 기초 군사훈련 후, 자대 배치를 받지 않고 곧장 주물공장에 취업해 2년 5개월간 쇳물을 끓였다(차라리 군대가 덜 힘들 것 같다). 하여 나는 군대에서 축구를 하지 않았다. 사람들이 군대에서 축구했던 이야기를 할 때면 늘 입을 닫고 구석에 찌그러져 있는다.

술을 못 마신다. 마시지 않는 게 아니라 내 몸이 알코올을 버티지 못해 일절 입에 대지 않는다(흡사 호흡곤란 같은 것이 생긴다). 이 때문에 대학과 직장에서 좀 애를 먹었다. 선배와 상사로부터, 사회생활하려면 술도 마실 줄 알아야 한다는 훈계를 듣는 게 몸서리치게 싫었다. 그들은 못 마신다고 손사래 치는 건 예의에 어긋난다, 술은 계속 마시다 보면 는다 같은 충고도 잊지 않았다. 이제야 하는 소리지만 레퍼토리가 어쩜 그렇게 하나같이 똑같은지 모르겠다(같은 학원 출신인가?). 그때마다 속으로 되뇌었다. 호흡곤란을 참으면서까지 직장생활을 잘해야 하는 거라면 나는 그만두겠다고……. 그리고 실제로 그만뒀다.

곱창과 순대를 싫어한다. 나로선 도무지 감당하

기 힘든 비주얼이다. 시각적인 쇼크는 둘째치더라도 질겅거리는 식감과 정체불명의 구린내 때문에 내겐 곤란하기 짝이 없는 음식이다. 난 그저 비위가 약하고 약간의 편식이 있을 뿐인데, 회식 자리에서는 술도 못 마시는 놈이 곱창까지 못 먹는 바람에 본의 아니게 까탈스럽고 예민한 진상이 됐다. 그뿐이랴. 친구들과 곱창집이라도 가는 날에는 밑반찬과 콜라만 홀짝이다 N분의 1의 희생양이 되기 일쑤였다.

천만 관객을 훌쩍 넘긴 영화의 대부분을 나는 아직 보지 않았다. 드라마나 예능, 음악도 마찬가지. 엔터테인먼트 분야에서의 내 취향이 특별한 건 아니다. 단지 모두가 열광했던 그것들이 나와 맞지 않았을 뿐이다. 이 때문에 학교든 직장이든 상관없이 대화의 무리 속에서 늘 겉돌았다.

이뿐 아니라 나는 대부분의 것이 일반적이지 않은 타입의 인간이다. 그러다 보니 어쩐지 나이가 들수록 이해받지 못하는 것들이 늘어만 가는 기분이 들었다. 하여 꽤나 외로운 심경이었다. 그런 주제에 소개팅이나 소개팅 앱 같은 건 또 지독하게 꺼렸다. 낯가림이 심하기도 했고, 만남을 가져 봐야 일반적이지 않은 내겐 가능성이 희박하다고 생각했다. 게다가 내 세울 만한 조건도 딱히 없었다. 설사 조건을 갖춰 가능성이 있었다 하더라도, 꼴에 조건을 따져 만나는 건 사양이었다. 시대가 변하고 나이가 차니, 인간이 인간과 사랑의 감정을 나누는 지극히 자연스러운 것에도 필요한 게 참 많다는 생각이 들었다. 가진 게 없으니, 뭐 이래저래 이번 생에 연애는 무리라고 여겼다. 외롭긴 하지만 달리 방도가 없었다. 뭐 그렇다고 암울하진 않았다.

연애 혹은 결혼을 하는 것에 방도가 없을 뿐이지 결혼이 인생의 전부는 아니지 않은가.

그러던 어느 날, 간간이 안부를 묻던 어떤 이와 우연찮은 계기로 편지를 주고받게 됐다. 그와 나는 공통점이 하나 있었다. 먼저 전화를 끊지 못하는 타입이라는 점이다. 그것이 편지에도 적용돼 우리는 의도치 않게 끊임없이 답장을 주고받았다.

그리고 훗날 그 사람과 부부가 되었다.

PART 2

사는 모습은
다 비슷한 사람

시멘트벽에 못 박기

최정화

    화장실 거울을 새로 달아야 하는데 드릴 작업을 하지 못하니까 벽에 붙이는 소형 거울로 대체하고, 시계를 달아야 하는데 역시 못을 박을 수 없으니 뒤쪽에 지지대를 만들어 테이블 위에 올려 두었다. 독립한 지 10년이 훌쩍 넘었는데 아직도 못을 박아 본 적이 없다. 시멘트를 뚫으려면 드릴을 사야 한다는데 상당한 소음을 내면서 자동으로 움직이는 기계를 만질 용기를 내기가 어쩐지 쉽지 않았다.

    못을 박는 일을 차일피일 미루면서 집의 형태는 좀 오묘해졌다. 액자들이 붙어 있으면 어울릴 듯한 빈 공간에는 꼬인 면사를 매달아 장식을 걸었고, 달력을 걸어 놓으면 좋을 안방의 넓은 벽은 그대로 비어 있다. 대개는 윗벽에 거는 포스터 같은 것도 바닥에 세워 두고는 '뭐 이대로도 충분히 멋스럽지 않은가?' 하며 10년이 흘렀다.

    그렇게 미뤄 오던 일을 지난주에 해냈다. 난방기구를 사러 쇼핑몰에 갔다가 얌전히 누워서 나를 기다리고 있는 드릴을 발견했다. 17만 원 상당의 세트가 세일해 8만 원에 판매되고 있었다. 꼭 필요한데도 차일피일 미뤄 둔 물건을 절반가격에 '겟'하게 되다니 이건 운명이다 싶어서, 드릴에 대해 좀 아는 지인에게 연락했다. 드릴 세트의 브랜드와 모델명을 적어 보내고 사용하기 적절한 제품인지 확인했다. '사도 좋겠다. 가성비가 꽤 괜찮다!'라는 답이 왔다. 난방 기구는 다음으로 미루고 드릴 세트로 구입 항목을 변경했다.

네모난 검은 플라스틱 상자에 커다란 드릴 하나, 충전기, 이런저런 모양의 나사와 해머들이 잔뜩 들어 있어 어쩐지 종합과자선물세트를 선물로 받은 어린이라도 된 기분이었다. 교과서 읽듯 주의사항을 정독하고, 사용설명서의 지침을 따라 조심스레 드릴을 작동해 봤다. 걱정했던 것보다는 움직임이 부드러운 편이라 긴장을 풀고, 나사 하나하나 정성스레 걸레질해 먼지를 닦아 낸 뒤 일단 거실 구석에 잘 세워 뒀다.

벽에는 아직 못도 박지 않았는데 드릴을 구입한 것만으로도 인생의 대단한 문제를 해결한 듯한 기분이었다. 과연 이걸 사기 위해 10년이라는 시간이 필요했나 싶을 만큼 실은 간단한 문제였다.

잘 알지 못하는 것 앞에서는 오래 망설인다. 되도록 그 앞에 서지 않기 위해 다른 곳을 기웃거려 보지만 그래도 결국은 내가 해야 하는 일이 있다. 시멘트벽에 못 박기. 독립해서 혼자 사는 사람에게는 꼭 필요한 절차인데 요리조리 피하다가 이제야 맞닥뜨렸다. 막상 손에 쥐고 보니 드릴은 생각보다 무겁지도 않고, 시끄럽지도, 빠르지도 않았다. 그저 생소한 것이 두렵고 낯설어 용기를 내지 못했을 뿐이었구나. 심지어 드릴은 장난감 총처럼 재미있어 보이기도 했다.

다음 주말에는 주방 벽에 못을 뚫고 시계를 달아야겠다. 부서진 나무 의자도 수리할 예정이다. 폐가구를 재활용해서 작은 테이블 같은 것도 만들어 볼 테다. 시멘트벽에 못 박기처럼 별거 아닌데 시도하지 못하고 망설이던 일들에 하나둘 도전해 보겠다. 이를테면 혼자 여행하기 같은 것. 아침에 훌쩍 떠나서 다른 지역의 공기를 느끼고 저녁에 돌아오는 일이 그리 어려운 것도 아닌데 왜 한 번도 시도해 보지 않았을까? 시멘트벽에 못 박기처럼, 지난주에 불쑥 예정에도 없이 구입한 드릴처럼, 한 번도 경험해 보지 못한 낯설고 즐거운 일들이 꽤 가까이에서 나를 기다리고 있다. 느낌 온다.

못이 박고 싶어졌다

일이

TO. 최   2.3.

명절 잘 보내셨는지요?

저희는 핵핵핵핵가족화되어 있는 집이라

명절이나 평일이나 거의 똑같아서 계속 일했네요.

아무쪼록 올해도 늘 건강하시고, 승승장구하시길 기원합니다.

그럼 또 즐거운 마음으로 다음 글 기다리겠습니다.

수년 전 어느 날. 이사 기록이 있는 등기부등본이 필요해 발급받았다. 검정 글씨와 하늘색 표로 이루어진 등본을 건네받으며 오랜만이구나, 싶었다. 예전에는 어째서 등본 같은 걸 시도 때도 없이 발급받았을까. 나같이 별 볼 일 없는 인간이 살고 있는 곳이 뭐가 그리 궁금했을까. 갸우뚱하며 등본을 스윽 훑었다. 새퉁스러웠다. 주소지 변경 건수가 무려 32회라니. 그로부터 몇 번인가 이사를 더 했으니 어림잡아 마흔이 되기 전까지 1년에 한 번꼴로 이사를 다닌 셈이다. 그랬었던가. 그렇다고 하는데, 나의 과거가 도통 공감이 되질 않는다. 때때로 이런 생각이 불쑥 찾아와 기분이 흐물흐물해진다. 그때와는 전혀 다른 궤적을 그리며 살아가고 있어서 그런가 보다. 어찌 됐든 비현실적으로 느껴지는 이사의 횟수가 '너 참 고단했겠구나.'라고 말하는 것 같았다. 이미 흘러가 버린 시간 속의 내가 측은했다.

고등학교를 졸업하고 곧장 독립했다. 누구의 바람도 나의 의지에서 비롯된 것도 아니었다. 그럴 수밖에 없어서 그리 되었다. 로망이 가득한 독립이었다면 좋았겠지만 그런 낭만은 없었다. 굳이 비교하자면 야반도주 같은 느낌이랄까. 어느 집에 딸린 창고 같은 방이 나의 첫 자취방이었다. 매형의 소형차 트렁크에 싣고도 여유가 있을 만큼 이삿짐도 단출했다. 여벌 옷 몇 개와 전기장판과 이불이 전부. 바람이 차고 매서웠던 어느 날, 툭하고 떨어지듯 시작된 독립이었다. 아무런 준비도 되어 있지 않은 열아홉의 내게, 독립이 주는 낭만이나 엄한 부친으로부터 구속받지 않아도 되는 자유로움보다는, 당장 내일 아침밥을 챙기는 것부터가 걱정이자 숙제였다. 어떻게든 살아남는 것이 관건이었달까. 끼니를 챙기고 학업을 이어가는 것만으로도 벅차, 나만의 공간을 가꾸고 꾸미는 일은 번외였다.

돌이켜보니 20대는 전쟁 같았다. 내 앞을 가로막는, 시야를 방해하는 누군가를, 무언가를 걷어 내느라 분주했다. 신념에 따른 것이었다면 좋았을 텐데 단지 앞이 보이지 않는다는 물리적인 이유로 전쟁하듯 살았다니, 불쌍하고 바보 같다. 바보 같던 시절을 지내는 동안 세간살이가 점차 늘었다. 그 때문인지 거처를 옮길 때마다 미세하게 공간이 넓어졌다. 점점 넓어진 탓인지 집이라는 곳이 어쩐지 건조했고 또 삭막하게 느껴졌다. 독립을 한 지 10여 년 정도가 지났을 무렵, 그 흔한 시계 하나 걸려 있지 않은 벽이, 차 갑고 햇살 한 줌 없는 작은 방으로 내몰린 열아홉의 어린 나만큼이나 쓸쓸해 보였다. 시계든 뭐든 무엇이 라도 좋으니, 하나쯤은 벽에 걸어 둬야겠다고 생각했 다. 그래야 마땅한 기분이 들었다.

주말 낮, 철물점에서 콘크리트 못과 망치를 사 와 곧장 망치질을 시작했다. 생각만큼 못이 시원시원 하게 박히질 않았다. 서툰 망치질에 못이 망가지기도 하고 애꿎은 벽지에 상처를 내기도 했다. 쉬운 게 없 다고 생각했다. 뜻대로 되는 게 없다고 생각했다. 망 치질 하나 제대로 못하는 자신이 한심했다. 원인불명 의 분노가 차올라 몸이 뜨거워져서 몇 번이고 계속해 서 힘껏 망치를 휘둘렀다. 그래 봤자 못은 쉽사리 박 히지 않았다. 소리치며 콘크리트 못 몇 개를 집어던 졌다.

"학생. 총각. 집에 있어?"

주인집이었다. 이번에 집을 싸~악 뜯어고쳤으니 웬만하면 못을 박지 말라고 했다. 가뜩이나 못이 박 히질 않아, 잔뜩 움츠러든 내게 기름을 들이부었다.

원상복귀는 하지 않아도 되니, 대신 앞으로 조심하라
고, 치이익 하고 경쾌하게 성냥불을 켜더니 기름 범
벅이 된 내게 휙 던지고는 유유히 사라졌다. 그렇게
내 마음은 활활 타들어 갔고 경미한 트라우마가 생겼
다. 이후로 이사를 다닐 때마다 못질을 해도 되는지
확인했다. 하나같이 떨떠름한 표정이었던 것이 생각
난다. 승낙을 했던 이조차 표정은 같았다. 그 낯빛을
마주한 나로선 차마 못질을 할 수가 없었다. 우리 집
이라 부르는 이곳은 나의 집이 아니구나. 내 것이 아
닌 벽에는 못을 박을 수 없구나. 눈치 보지 않고 못을
박을 수 있는 벽이 갖고 싶어졌다.

　집이라는 게 갖고 싶어졌다고 해서 가질 수 있다
면 얼마나 좋을까. 이상과 현실의 괴리감을 이때 처
음으로 느꼈던 것 같다. 나름대로는 긍정적으로 살아
왔던지라, '할 수 있다'는 마인드가 상당한 편이었는
데도 불구하고 이번만큼은 어쩌면 안 될지도 모른다
는 느낌이 들었다. 그 감각은 본능이다. 할 수 있다는
의지만으론 도무지 지워 낼 수가 없는 감각이다. 내
가 가진 모든 긍정을 끌어내 계산기를 두들겨 봐도,
찍혀 있는 숫자는 막연했다. 닿을 듯 닿지 않는 것과
는 장르가 달랐다. 그래서인지 되레 확실해졌다.

'우리에겐 꼭꼬핀이 있다. 액자든 시계든 꼭꼬핀으로 걸면 되지. 걸면 되는 거 아니야. 그뿐인 거야.'

그렇게 꼭꼬핀으로 썰렁한 벽을 메웠고, 또 새로운 벽을 몇 번인가 더 메운 뒤에 아내를 만났다. 아내도 나와 비슷한 사람이었다. 고등학교를 졸업하고 곧바로 독립해 이사 다니기 바빴던 사람. 차마 못을 박지 못해 쓸쓸한 벽을 보고 자란 사람. 자유롭게 망치질할 수 있는 벽을 갖고 싶은 사람. 어쩌면 이번 생애는 나의 집을 가질 수 없을지도 모른다고 생각했던 사람.

참 이상하다. 불가능과 불가능이 만나면 '절대 불가'가 될 것만 같은데 꼭 그렇지 않았다. 서로가 서로를 지키고 싶은 마음이 신비한 공식을 만들었다.

'우리가 좋아하는 그림을 벽에 걸자.'

그리고 수년 후, 우린 마침내 전동드릴로 시원하게 못 구멍을 뚫었다. 마구마구.

함께, 같이, 우리.

화장실 문을
열어 두는 이유

최정화

TO. 일   2.8.

저는 집에 못을 마음껏 박아도 돼요. 곧 이 집이 헐리기 때문입니다.

재개발로 이사를 앞두고 짐들을 두리번거리며 지내고 있어요.

모두가 비슷한 집에서 산다면 세상이 좀 더 아름다워질 것 같아요.

즐거운 마음으로 다음 이야기 기다리겠습니다.

친구가 집에 놀러왔다. 예상대로 먼지는 친구를 반겼다. 이제 먼지의 취향을 알 것 같다. 친구는 조용조용하고 나직하고 섬세한 사람. 먼지는 친구를 보자마자 다리에 몸을 부빈다. 그런 일은 처음이라, 사람이건 고양이건 자기에게 맞는 사람이 따로 있는 거구나 싶다. 친구와 내가 큰 방으로 가자 먼지도 스스럼없이 방으로 들어온다. 심지어 내가 아니라 친구의 곁에 자리를 잡는다. 친구가 벗어 놓은 점퍼에 코를 대고 열심히 냄새를 맡는다. 나는 안중에도 없고 친구의 곁만 맴돈다.

"먼지는 외향적인가 봐."
"너를 좋아해."

먼지가 낯선 누군가에게 적극적인 관심을 표하는 모습에 마음이 놓인다. 다른 사람들이 집에 오는게 먼지에게 스트레스가 되는 일이 잦았기 때문이다. 누군가 다녀간 뒤 5일간이나 밥을 먹지 않은 적도 있어서, 친구를 집에 데려오는 일이 조심스러웠는데 이번에는 성공이다.

친구와 함께 집 근처에서 사 온 일본식 튀김덮밥

을 먹었다.

"미소된장국은 별로야."

친구는 평소 자극적이지 않은 부드러운 음식을 즐겼다. 당연히 미소된장국을 좋아할 거라고 생각했는데 이번에는 내 예상이 빗나갔다. 친구 몫의 된장국까지 나는 두 그릇을 먹는다. 만족스럽게 밥그릇을 비운다. 하쿠마이 덮밥집 사장님의 튀김 솜씨는 나를 실망시킨 적이 없다.

친구가 화장실에 갔다가 나오면서 문을 닫았다. 원래 나는 화장실 문을 늘 열어 두었는데 문을 닫는 순간 갑자기 마음이 편해졌다. 앞으로도 계속 화장실 문을 닫아 둬야겠다고 생각했다.

두 사람의 수다가 한창 이어지고 있는데 먼지가 거실로 나갔다. 다시 방문 앞으로 와서 낑낑대기에 수다의 온도를 낮췄다. 먼지는 좀 더 낑낑대다가 포기하고 거실로 가 버린다.

친구가 돌아가고 난 뒤 화장실에 갔다가 문을 닫고 나오려는 순간, 내가 그동안 화장실 문을 닫지 않았던 이유가 번뜩 생각났다. 화장실에는 내 변기도 있지만 먼지의 변기도 있다. 화장실 문을 닫아 두면 먼지는 화장실에 들락거릴 수 없다. 아차. 먼지를 잊었다. 오랫동안 당연하게 여겨 왔던 사실을 친구와 함께 있는 순간 잊었던 것이다. 다시 화장실 문을 열어 둔다.

반려동물을 위해 문을 수리하는 방법도 있긴 한데 경제적으로 넉넉한 형편이 아니라 나는 모든 방의 문을 열어 두고 있다. 처음에는 방문을 열어 둔 채로 잠들기가 쉽지 않았는데 차차 적응해 갔다.

배려한다고 노력하는데도 내가 자연스럽고 편안해지는 순간 먼지는 불편해진다. 우리 둘은 서로를 아끼고 사랑하지만 함께 살기 위해서는 의식적인 노력이 필요하다. 나는 먼지를 꼭 끌어안고 싶지만 먼지는 촉각에 무척이나 예민하고, 먼지는 눈 맞추는 걸 좋아하는 것 같은데 나는 시각적으로 예민하다. 나는 드라이한 성격인데 먼지는 다정하다. 나는 늦잠을 즐기고 먼지는 새벽형 고양이다.

고양이들에게는 아로마 오일이 악취라기에 목욕할 때 말고는 오일 향을 즐기지 않는다. 먼지의 침대에 캣닢 향을 뿌려 주고 나도 따라서 킁킁 냄새를 맡아 본다. 구수하면서 달큰한 향이 난다. 캣닢 향은 고구마 냄새를 닮았다.

나에게 쓰는 편지

일이

TO. 최   2.14.

요즘 서울 날씨는 어때요? 올겨울은 참 포근한 것 같네요.

서울은 어떨지 모르겠지만 이곳 부산은 겨울인가 싶을 정도예요.

포근했던 이번 겨울도 어느덧 끝이 보입니다.

다가오는 봄에는 전라도 쪽으로 여행을 가 볼까 해요.

국내 여행을 제대로 가 본 적도 별로 없고,

특히 전라도 쪽은 전무하더라고요.

작가님도 따뜻한 봄에 여행을 다녀오는 건 어떠세요?

다가올 여행을 기다리듯 작가님의 다음 글도 기다릴게요.

대일아, 너 벌써 결혼한 지 6년이 됐더라. 시간 참 빠르다 그렇지? 여전히 알콩달콩 잘 지내고 있다고 들었는데 대단하다. 아무리 생각해도 넌 전생에 나라를 구한 게 맞는 것 같아. 그게 아니라면 너 같은 놈이랑 살면서 여태껏 사이가 좋다는 게 말이 안 되거든. 입장 바꿔 생각해 보면 나는 일주일도 너랑 같이 못 살 것 같은데 말이야.

너 혹시 요즘도 그러니? 아니 왜 그거 있잖아. 양말, 양말 말이야. 외출하고 돌아와서 양말 빨래 통에 바로 넣는 거 말이야. 너 그거 아직도 제대로 못하지? 안 봐도 비디오다. 정말이지 도통 이해가 안 돼. 현관에서 고작 몇 걸음만 가면 빨래 통이 있는데 그걸 그리도 못하는 게 말이야. 빨래 통까지 가는 게 무슨 방탈출이니? 넌 그게 그렇게나 힘드냐? 집에 오면 바로 양말 벗고 빨래 통에 넣기만 하면 되잖아. 수학 문제 푸는 것도 아닌데 뭘 그렇게 어려워하는 거야.

말이 나왔으니까 하는 말인데, 양말도 양말이지만, 아니다 양말은 뭐 그렇다 치자. 그건 뭐 별거 아니라고 칠게. 그건 그렇고 어쩜 그리도 둔하냐. 청소가 그렇게 어렵냐. 공감 능력이 중요하다고 귀에 딱지가 앉도록 잔소리하더니, 청소 쪽 공감은 예외인가 보네. 아니야? 나는 너랑 알고 지낸 지 한참이나 됐으니까 네가 원래 이런 쪽으로 무감각하다는 거 잘 알아. 같이 사는 것도 아니니까 상관없어. 안 참아도 되니까. 그런데 네 아내는 어때? 괜찮은 거야?

　가끔 네 생각을 하면 그게 참 걱정되더라고. 네 아내도 같은 타입이라면 상관없겠지만……. 그런데 말이야. 그게 참 쉽지 않거든. 너야 모르겠지. 무감각하니까. 집이 아주 난장판이어도 넌 아무렇지 않을 테니까. 네 아내가 만약에 깔끔한 타입이라면 엄청 힘들지 않을까? 그렇게 생각해 본 적 있어? 네가 그렇게 말하던 공감 능력을 발휘해 본 적 있느냐고. 만약에 그랬다면 넌 예전과 사뭇 달라졌단 건데 너를 잘 아는 나로선 이게 상상이 잘 안 되거든.

　하기야 네가 예전과 같다면 지금껏 알콩달콩하다는 말은 아마 거짓말일 거야. 그렇지? 그게 아니라면 네 아내가 엄청난 인내력의 소유자이거나 태평양처럼 넓은 마음이거나 둘 중 하나겠지. 네가 나한테 굳이 거짓말까지 하진 않을 테고, 평생을 청소에 무감각하게 산 네가 쉽사리 변했을 것 같지도 않고, 내 생각에는 분명 네 아내가 이 부분에 대해서는 인내하고 있을 것 같아. 어때? 뜨끔하지? 너 잘해. 앞으로도 계속해서 행복하려면 말이야.

　　청소가 그렇게도 힘들면, 그 공백을 채울 수 있는 무언가를 찾아봐. 네가 잘할 수 있는 걸로 말이야. 알았지? 일상에서 계속해서 반복되는 소소한 것들이 얼마나 중요한지 너도 잘 알잖아. 가까운 사이일수록 무뎌지는 것들을 더 잘 챙겨야 하는 거야. 알겠어? 내 충고 흘려듣지 않으면 좋겠어. 오랜만에 편지해서 잔소리만 계속했네. 뭐 어쨌든 앞으로도 계속 행복하길 바라. 늦었지만 새해 복 많이 받고.

2022년 2월 어느 새벽에

대일이가 대일이에게

P타입에게 알맞은
책상의 정리 상태

최정화

저는 이번 주말 춘천으로 떠난답니다.

친구와 함께 가벼운 마음으로 다녀오려고요.

전라도 여행 후기도 궁금합니다.

날이 아직 춥네요.

겨울 마무리, 다가오는 봄 준비. 잘 이어 나가시길요.

아침에 일어나면 눈곱 낀 얼굴로 주방으로 간다. 라디오를 들으며 커피를 내려 마시고 어제 사놓은 피자를 전자레인지에 데워 먹고 책상 앞에 앉는다. 세수는 하지 않는다. 밥을 챙겨 먹고 글을 쓰는 일은 언제나 하루의 시작.

책상 위에는 이것저것 산더미처럼 쌓여 있다. 어제 잘라 낸 스파티필름의 이파리, 고무줄이 늘어난 머리끈, 고장 난 무선 스피커, 다 쓴 캣닢 스프레이 통 등등 제주의 오름처럼 낮은 둔덕을 이룬 사물들 중 눈에 먼저 보이는 것들을 제자리로 갖다 둔다. 가로 두 뼘, 세로 한 뼘 정도의 공간이 생기자 정리를 멈춘다. 노트북 올려놓을 자리를 확보했으니 이제 됐다!

책상 위를 깨끗이 정리해 두는 게 집중하기 좋다는 건 일반론에 불과하다. 물론 나도 한동안은 책상을 말끔히 치웠다. 다만 선배가 정성껏 만들어 준 레드오크 좌식 책상 위에 작업용 모니터와 키보드를 올려놓고 다른 물건들은 깔끔하게 치운 말끔한 상태에서 작업을 했을 때 나는 왠지 모를 불편함을 느꼈다. 책상 위가 깔끔한데도 뭔가 자꾸 신경에 거슬렸다. 모니터 화면이 아닌 책상 위 배치 같은 것들에 계속

주의를 빼앗겼고 답답하다는 느낌을 받았다. 정리가 잘돼 있는데 왜 자꾸 책상 상태에 신경이 쓰일까, 갑갑하게 숨이 막혀 오는 이 기분은 대체 뭘까 생각하다가 어느 날 인터넷 포스팅을 보고 이유를 알았다.

포스팅은 성격별로 책상 정리 상태가 다르다는 내용이었다. MBTI 중 마지막 자리가 J 타입에 속하는 부류들의 책상은 매우 말끔하게 정리돼 있다. 책상 위에 먹을 것이 올라와 있거나 잡동사니가 어질러져 있는 경우는 없었다. 파일은 파일대로, 책은 크기별로 잘 정돈돼 한눈에 찾을 수 있게 되어 있었다. 반면 P 타입에 속하는 부류의 책상은 제멋대로 어질러져 있다. 음료와 과자도 편하게 올려 두고 에너지 보충이 필요할 때 언제라도 손에 닿을 수 있는 곳에 둔다. 업무와 관계없어 보이는 물건들도 쌓여 있다. 나는 그 단계를 넘어서서 책상 위에 둥그렇게 언덕을 쌓았다. 한 달 전에 입었던 트레이닝바지도 있고, 코를 푼 손수건도 있고, 두 달 전에 선캐처를 만들려고 사다 둔 색깔 클립도 있다.

잘 정리된 책상은 숨을 막히게 한다. 깔끔하게 정돈된 상태에서 오히려 경직됨을 느껴서 작업에 집중하기보다 책상 위 상태에 주의를 빼앗기게 된다.

그래서 내 작업용 책상은 대부분 지저분한 상태다. 오늘 아침에 새로 내린 커피가 담긴 머그컵도 있고, 어제 저녁에(어쩌면 그저께 저녁일지도 모른다) 갖다 놓은 물컵도 그대로다. 쌓아 둔 메모지에 가려져 보이지 않는 사물들이 곳곳에 숨어 있다.

다행히 조직에 소속돼 사무 공간을 공유하지 않기 때문에 아무에게도 잔소리를 듣지 않는다. 나 혼자 일하기 때문에 치우기 귀찮아 변명하는 건 아닌가 스스로를 의심해 본 일도 있지만, 아니었다. 그렇지 않았다. 나는 말끔하게 정리된 공간보다 약간 지저분하고 어질러져 있는 곳에서 편안함을 느낀다.

정리정돈에 정석은 없다. 자기에게 알맞은 방식대로 물건을 두면 된다. 크기별로 정돈된 책장에서 나는 갑갑함을 느낀다. 작가이기 때문에 노력하고 있지만, 실은 맞춤법을 맞추는 것도 좋아하지 않는다. 공식적인 원고를 쓸 때는 맞춤법을 따르지만 SNS에서는 일부러 맞춤법과 띄어쓰기를 지키지 않는다.

나는 정돈되지 않은 책상에서 작업해야 글을 잘 쓸 수 있다. 과거의 나 자신처럼, 자신의 작업방식을 무시당한 채 책상 위를 말끔히 정리한 뒤 어쩐지 갑갑하고 숨이 막히는데도 마땅히 그래야 하는 줄로 알고 자신의 책상 위를 애써 정리하고 있을 누군가를 떠올린다. 그는 정리정돈을 잘해야 작업에 집중할 수 있다는 편견의 희생양인 것이다. 어질러 놓는 것이 편안한 누군가와 청소를 깔끔히 해야 하는 누군가가 함께 살 때, 왜 어질러 놓는 것이 편안한 누군가가 당연히 맞춰야 한다고들 생각하는 걸까?

고양이들은 대개 깨끗한 것을 좋아한다지만, 먼지는 다른 타입일지도 모른다. 먼지의 몸에는 늘 뭉친 털 덩어리가 붙어 있다. 내가 그걸 억지로 잘라내려고 하면서 서로 스트레스를 받은 적도 있었는데 먼지 스스로 그걸 떼어 낼 수 있다는 걸 알게 된 뒤에는 그대로 두고 있다. 지금도 먼지의 몸에는 뭉친 털 덩어리들이 있다. 머리카락을 꼬아 뭉쳐 둔 레게 스타일의 펌처럼. 어쩌면 먼지는 그 상태를 즐기고 있는지도 모른다.

우리의 중심에서
사랑을 외치다

일이

TO. 최   2.28.

춘천은 잘 다녀오셨는지요?

저희는 오늘에서야 오랜 시간 준비했던 일의 일부가 끝이 났습니다.

한 고비를 넘겼네요.

이제 다가올 봄을 맞이할 준비를 할까 합니다.

다음주나 다다음주에 전라도 여행을 갈 예정인데 다녀와서

간단하게 후기를 남겨 볼게요.

비혼이 좋아서 선택하는 사람도 있겠지만 환경과 상황에 떠밀리듯 비혼을 결심하게 되는 경우도 있다.

내가 그랬다.

혼자 살 땐, 어떤 행위를 만들어 내는 감정에 다양성이 없었다. 무슨 말인가 하면, 배가 고프면 밥을 먹었고, 졸리면 자고, 마려우면 배출했다. 감정의 중심이 나였고, 시작도 나였고, 종착지 또한 자신이었다. 자유로웠다. 이 자유함이 좋았다. 행위가 낳은 결과물이 무엇이든 상관없었다. 나만 괜찮다면 충분했다.

그럴 리 없겠지만 내가 만약 결혼을 하게 된다면, 자유는 끝이 날 거라고 생각했다. 내 고집만 피우면 충돌이 일어날 거고, 그 충돌의 끝은 양보 아니면 다툼일 거라고 생각했다. 양보든 다툼이든 켜켜이 쌓이면 결국 균열이 일어날 거고, 크든 작든 그 균열은 결국 관계를 파멸시킬 거라고 그렇게 생각했다.

나는 어째서 벌어지지도 않은 일을 지레짐작하고 판단했던 걸까. 만나기도 전에 이별을 염려했던 걸까.

돌이켜보면 상실감 때문이었다. 관계의 상실에 대한 공포. 어떤 두려움은 상상에서 비롯되기도 하지만 경험에 의해 각인되는 경우도 있다. 후자였던 나는 다시 한번 그런 상실감과 마주하게 될까 퍽 두려웠다. 그 두려움은 애초에 원인을 만들지 않으면 된다는 논리를 펼치게 했고, 또 그 논리는 여러 합리화를 끄집어 내 갖가지 제약들과 버무려 비혼이라는 그럴싸한 해결책을 제시했다.

굳건하지 않은 모든 건 쉽게 무너지기 마련이다. 해결책이라 생각했던 같잖은 묘수는 아내를 만나고부터 아무짝에도 쓸모없는 것이 되고 말았다. 관계의 파멸, 상실의 공포는 설렘 앞에서 무엇도 아니게 됐고, 가슴 깊은 곳에서 조용히 장례를 치렀다. 그리고 수년이 흘러 나는 아내와 결혼했다.

결혼은 서로 다른 두 지성체의 공동생활이다. 응당 공동생활이라 함은 중심을 잘 잡아야 한다. 어느 한쪽으로 기울게 되면 끝내 균형은 무너지기 마련이다. 내 중심이었던 감정을 계속해서 고집할 순 없는 노릇이다. 애초에 내가 우려했던 그대로였다.

나는 콩나물국밥과 시락국밥을 지독하게 좋아한다. 가능만 하다면 매일매일 먹고 싶은 음식이다. 나로서는 그런 음식이지만 나 좋자고 이를 실천에 옮길 순 없다. 나는 내가 청소에 이렇게 둔한 사람인지 결혼을 하고 나서야 알았다. 청소에 대한 개념 자체가 존재하지 않았던 탓에 깨끗하고 어질러진 것에 대한 기준이 없었다. 청소에 관해서 내가 둔하다고 해서 매일매일 어질러진 상태로 있을 수만은 없는 노릇이다. 그랬다간 〈순간포착 세상에 이런 일이〉에 나오겠지. 누군가는 결국 청소를 해야만 한다.

여기까지는 흔히 생각할 수 있고 유추 가능한 영역이다.

아내와 나는 작업을 하거나 여가를 즐길 때 정리 정돈을 잘 못한다. 흔히 이야기하는 MBTI의 P 타입이다. 우리가 머물던 자리는 무엇을 했든 간에 늘 어지럽다. 다른 P들은 어떨지 모르겠지만, 우리는 어지럽히는 것에 비해 신기하게도 둘 다 깔끔하게 정리 정돈된 것을 좋아한다. 공통점이다. 차이점도 있는데 이 지점이 핵심이다. 어떤 행위가 종료가 돼 난장판이 된 상황에서 각자의 반응이다. 같은 P인데도 아내는 지체 없이 청소를 하고 반대로 나는 그냥 내버려둔다. 정리된 것을 좋아한다면 아내가 청소를 시작할 때 나도 움직이는 것이 마땅하지만 나는 그게 잘 안된다. 이 때문에 청소는 항상 아내의 몫이다. 심지어 아내가 청소를 하고 있는 와중에도 나는 무언가에 몰두하고 있을 때가 많다. 알면서도 하지 않는 것과 깔끔한 상태를 좋아하면서도 하지 않는 건 분명 스스로도 문제가 있다고 생각한다. 그래서 나는 청소만 생각하면 늘 미안하다.

나 혼자 살 땐 생각하지 않아도 되는 일이었으며, 미안한 감정을 느끼지 않아도 될 일이었다. 어째서 나는 하지 않아도 될 일을 하지 않음으로써 미안함을 느껴야 하는 걸까.

처음엔 단순하게 너는 하는데 나는 하지 않아서 미안한 마음이 드는 거라고 생각했다. 노동의 불공평함으로 생기는 건 줄 알았다. 그런 거라면 더더욱 미안해하지 않아도 된다. 왜냐하면 아내는 내가 청소를 하지 않는 것에 대해 단 한 번도 화를 내거나 불평을 이야기한 적이 없기 때문이다. 눈치가 없어서 그런 게 아니다. 몇 번이나 진지하게 미안한 마음을 성토한 적이 있다. 그때마다 매번 아내는 괜찮다고 했다. 신경 쓰지 말라고 되레 나를 다독였다. 그럼에도 불구하고 늘 미안한 마음이 들었다.

결혼 혹은 소중한 누군가와 함께 살아간다는 건 생각의 중심을 나에게서 둘 사이로 옮겨 가는 것이다. 생각과 감정의 중심. 그것의 이동. 나도 모르는 사이에 나 중심에서 우리 중심으로 옮아가 있었다는 걸 깨달았다. 중심을 옮겨 버리면 상대방에게 고마움을 느끼는 순간도 미안함을 느끼는 순간도 참 많아진다. 고마움은 더없이 고맙고, 미안함 또한 마찬가지인데, 내가 미안함을 느끼는 것이 억울하거나 부끄럽지 않다. 나 중심으로 살아갈 때는 몰랐던 것들을 느낄 때가 많다. 감정의 영역이 몇 배로 커지는 것 같달까.

사람은 각자 가지고 있는 감정의 영역이 서로 다르다. 같은 영화를 보더라도 서로 다른 곳에서 감정이 움직이기도 한다. 똑같은 것을 보고 들어도 다른 생각을 하고 다른 지점에서 마음이 요동친다. 내가 지금까지 혼자였다면 나는 여전히 나의 세계에서 살아가고 있을 것이다. 그게 나쁜 건 아니지만, 잘못된 건 아니지만 다른 세계를 다녀온 나로서는 그곳에만 머물러 있는 것이 싫어졌다.

나는 앞으로도 우리의 세계에서 내가 보지 못한 것을 느끼며 살아가고 싶다.

캐러멜 향 소금
뚜껑이 안 열려

최정화

TO. 일   3.9.

춘천에는 동행의 주변인이 코로나19 확진이 돼서 가지 못했어요.

다음 기회로 미루기로…….

여행을 거의 다녀보지 못해서 작가님의 여행 이야기 기다려집니다.

"혼자 살면 외로워."

언니네 집. 식사 시간에 언니가 조카에게 하는 말.

"혼자 사는 게 좋은 사람도 있어."

내가 조카에게 덧붙이는 말.

1인 가구가 아닌 사람들이, 혹은 결혼해서 가정을 꾸린 사람들이 1인 가구에 대해 갖고 있는 편견 중 하나는 '우리가 혼자 살고 있다'는 것이다. 1인 가구니까 혼자 사는 게 아닌가, 그렇다면 외롭지 않을까? 라는 식으로 생각이 흘러가기 쉽다.

하지만 막상 1인 가구로 살면서 느낀 건 혼자 사는 게 불가능하다는 점이다. 물론 10년 동안 함께 살기의 리듬을 맞춰 온 먼지 덕분이기도 하고, 어지간한 고난은 문제 삼지 않고 꿋꿋이 버텨 주는 파키라나 몬스테라, 홍콩야자의 생명력 덕분이기도 하고, 또 소중한 친구들 덕분에 혼자 있다는 느낌을 받은 적은 별로 없다. 대개는 집에 있다가 요가원에 가는

15분에서 20분 남짓, 그때 모처럼 혼자인 시간이니 이 시간을 즐기고 싶다는 마음이 들 정도다(실상은 옆에 걷는 사람과도 함께 있다는 느낌을 받는다).

대부분의 시간에 실제 사람과 뭔가를 하는 경우가 드물기는 하지만 그건 내가 1인 가구이기 때문이 아니라 직업 때문이다. 아침에 일어나면 스스로 뭔가 만들어 먹고 나서 바로 책상 앞에 앉는다. 물리적으로는 혼자 보내는 시간이지만, 방해하지 않겠다는 듯 제법 의젓하게 등 뒤에 누워 있는 고양이가 있고, 글을 쓰는 일이란 나와 다른 존재에 관한 이야기여서 쓰는 내내 나 아닌 다른 존재를 떠올리지 않을 수 없다. 그렇게 나는 언제나 누군가와 함께다.

요즘은 동물권에 대한 경장편소설을 쓰고 있다. 그러다 보니 동물들에 대한 생각을 많이 한다. 야생의 삶에서 벗어나 사람에게 길들여진 반려동물의 삶에 대해, 생명이라는 사실을 거부당한 채 인간의 고기로 전락해 버린 축산 공장에서 짧은 생을 살다 가는 동물들에 대해, 하루에 한두 번은 마주치기 마련인 비둘기나 길고양이들이 누려야 할 권리에 대해서. 혼자 소설을 쓰는 것으로 보이지만 그렇게 대부분 다른 존재와 함께다.

같은 집에 함께 사느냐의 여부가 나에게는 중요하지 않다. 내게는 가까이 살아서 즐겁고 든든한 동네 친구가 있다. 멀리 있지만 내가 모르거나 곤란한 일이 생겼을 때 진지하게 의논할 수 있는 소중한 사람들이 있다(사진만 봐도 그저 좋은 조카도 있다!).

내가 외롭다고 느끼는 때는, 캐러멜 향 소금을 샀는데 뚜껑이 열리지 않는 순간만큼이나 짧다. '단순하고 소박하게'를 모토로 검소한 삶을 꾸려 가던 중 살짝 사치를 부렸다. 집에 돌아와 뚜껑을 돌렸는데 소금이 나오지 않았다. 작은 유리병 안에는 알갱이가 큰 갈색 소금이 잔뜩 들어 있었는데, 뚜껑을 돌리면 소금이 갈려 나오는 용기가 불량이었다. 교환할 수 있는 시기도 놓쳐 버리고, 용기에 담긴 채 나오는 방법을 찾지 못한 캐러멜 향 소금은 장식품인 듯 트로피인 듯 찬장 위에 그저 있다.

문득 그 이야기를 할 누군가가 없다는 생각이 든다. 아주 작은 일이어서 그 이야기를 해도 그만, 안 해도 그만인데, 어쩐지 그 이야기가 하고 싶어진다.

"모처럼 마음먹고 산 캐러멜 향 소금 뚜껑이 안 열려."

그런 문제라면 고양이나 스파티필름에게는 전혀 공감이 되지 않을 테니, 좀처럼 말을 꺼낼 수가 없다.

사소하고
하찮은 이야기

일이

코로나19 때문에 여행을 다녀오시지 못했군요.

저희도 이번에 오미크론에 감염돼서 격리 중에 있어요.

집 밖을 잘 나가지도 않는데 걸리다니 조금 분하고 억울한 느낌입니다.

걸려 보니…… 역시 안 걸리는 게 제일 좋은 것 같아요.

어서 완쾌해서 전주 가고 싶네요.

둘이 합쳐 통장잔고가 200만 원도 안 되는 주제에 결혼을 한 우리는 참 가난했다. 돌이켜 생각해 보면 가난해서 서글펐던 기억은 애써 떠올려 봐도 생각이 잘 나지 않는다. 반대로 가난으로 겪었던 짠내 진동하는 기억에 우리는 오늘도 피식 웃고 마음이 따뜻해지고 또 그 시절이 그리워진다.

한 달 식비는 30만 원이었다. 둘이서 30만 원으로 90끼를 해결해야 했다. 대충 계산해 보면, 한 끼에 3,300원 정도가 드는 셈인데 그마저도 2인분이다. (게다가 나는 먹보였다.) 그러고 보니 우리 참 대단했다. 그 와중에 단 한 끼도 거르지 않고 그럴싸하게 만들어 먹었고, 게다가 간식도 빠짐없이 챙겨 먹었으니 말이다. 뭐 어쨌든 사정이 이렇다 보니, 식료품을 구매할 때는 신중해질 수밖에 없었다.

그때 우연찮게 로투스 스프레드를 알게 됐는데, 그 맛이 잊히지가 않았다. 하지만 5천 원짜리 로투스 스프레드는 언감생심이었다. 지금 생각해도 사치스럽기 짝이 없다. 그럼에도 불구하고 우리는 합의하에 사치를 하기로 결심했다. 우리에겐 조금은 다른 의미로 악마의 잼이었달까.

그날의 순간은 아마도 평생 잊지 못할 것 같다.

로투스 스프레드를 포함해 일주일치 장을 보고 집으로 돌아가던 길. 아내의 손에 들린 장바구니가 그날 따라 유독 버거워 보였다. 마트에서 집까지는 걸어서 15분 정도 거리라 아내에게 짐을 내 쪽으로 더 옮겨 담자고 했다. 아내는 괜찮다 했고, 나도 괜찮다고 했다(이거 뭔지 알죠? 후후). 몇 번인가 더 과격한 실랑이를 하다가 우리는 결국 짐을 재정비하기로 했다. 내 쪽에 무거운 물건 위주로 옮기던 중 로투스 스프레드가 눈에 들어왔다. 순간적으로 나는 유리로 된 스프레드 용기가 떨어져 산산조각 나는 장면이 떠올랐다. 돌이켜봐도 그때 왜 그런 상상을 했는지 모르겠다. 무의식이었던 그 상상은 몇 초 후 현실이 됐다.

중력의 힘을 이기지 못하고 낙하한 로투스 스프레드는 다소 묵직하고 질퍽한 소리를 내며 박살이 났다. 얼마 동안인가 우리는 할 말을 잃었다. 찰나에 별의별 생각이 다 들었다. 아쉬운 대로 식빵을 꺼내 몇 장 발라 먹을까. 유리조각을 좀 덜어내면 괜찮지 않을까. 말리는 이가 없다면 실천에 옮기게 될 것 같아 고개를 돌려 아내를 봤다. 망연자실한 얼굴. 어쩐지 훌쩍거리고 있는 것 같았다. 다음에 장볼 때 다시 사 먹자 말하고는 주섬주섬 깨진 유리조각을 한쪽으로 치우고 뒷정리를 끝냈다. 집으로 돌아가는 내내 우리는 아쉬워했고, 이후로 며칠이나 더 곱씹다가 끝내 피식 웃고 말았다. 다 큰 어른이 겨우 5천 원 하는 공산품 스프레드에 쩔쩔매는 게 귀엽다는 생각이 들었다. 스스로를 귀여워한다는 게 좀 머쓱하지만 어쨌거나 우리에게는 이런 지질한 에피소드가 차고 넘친다.

집이 너무 추운 나머지 부엌에 있는 올리브유가 레몬셔벗처럼 얼어 버린 일, 추위가 절정에 다다른 어느 겨울에 히터가 고장 난 90만 원짜리 티코를 타고 담요를 두른 채 서울과 부산을 왕복했던 일, 30도가 훌쩍 넘는 찜통더위에 에어컨조차 없는 하루 2만 원짜리 숙소에서 지냈던 우리의 찬란한 신혼여행까지.

지금은 로투스 로고만 봐도 당시 일이 생각난다. 도로에서든 TV에서든 우연히 티코라도 보면 또 한참 추억을 곱씹게 된다. 이런 사소한 이야기를 나누고 또 공감할 수 있는 사람과 함께 인생을 살아가고 있는 게 얼마나 든든한지 모른다. 꼭 지질하고 궁상맞은 에피소드가 아니라 하더라도 일상의 사소한 순간들이 모여서 인생이 되지 않던가. 하찮고 사소한 것의 힘은 엄청나다. 오늘도 여차하면 영원히 잊힐 만큼 사소한 사건들을 쌓으며 우리는 같이 산다.

냉장고 없이 산다

최정화

작가님도 코로나19에 걸리셨다니 안타깝습니다.

많이 아프다고 들었는데 가볍게 지나가기를 바라요.

지난 글을 읽으면서 저도 옛날 생각이 났어요.

한 달 생활비 30만 원이던 시절……

한 끼를 1,000원에 해결해야 하고 저녁에 마트 시식 코너에서

배를 채우려던 시간…….

말씀하신 스프레드를 아직 먹어 보지 못했는데 맛있는 거겠죠?

두 분 어서 나으시기를 바랍니다.

나는 냉장고 없이 산다. 사실 세탁기도 없이 살고, 에어컨도 없이 살고, 에어프라이어도 없이, 식기세척기도 없이 산다. 전자레인지는 언니가 쓰던 것을 버린다기에 가져와 가끔 사용하고 있다.

대부분의 저장음식은 말린 것이다. 건아로니아, 건취나물, 건미역……. 음식은 수분을 제거하면 상하는 일 없이 오래 보관할 수 있다. 그 안에 햇볕과 바람과 시간이 들어 있어 맛있게 먹는다. 포장된 음식은 그게 뭐든 사지 않는다. 햄버거는 자주 먹는다.

냉장고가 없는 대신에 소음 없이 산다. 세탁기 없이 산다. 에어컨 없이, 식기건조기 없이, 소음 없이 산다. 행주에 대해서는 애착을 갖고 있다. 커다랗고 희고 두툼한 면 행주를 사용하고 있다.

인터넷도 없이 산다. 인터넷을 하기 위해 가끔 집 밖에 나간다. 나는 누군가 인터넷 통신망을 연결시켜 서비스를 제공하면서 사용료를 받는 일에 대해 반감을 갖고 있다. 지구 밖에 총알보다 일곱 배 빠른 속도의 무기, 또는 쓰레기가 돼 떠도는 인공위성의 무분별한 설치와 사용을 반대한다.

나는 냉장고 없이 산다. 독립했을 때 처음 살게 된 곳은 풀옵션 오피스텔이었고 그 뒤에도 늘 냉장고가 옵션인 집에 살다가, 지금 살고 있는 빌라에 이사 오면서 '냉장고 없이 살기'가 시작됐다. 친구가 사용하던 냉장고를 물려받아 쓰기로 했는데 며칠 기다리는 동안 냉장고 없이 살다 보니 그쪽이 오히려 편하다는 사실을 알게 돼 이후로는 쭉 냉장고 없이 살고 있다.

음식은 볕이 잘 들지 않는 뒤쪽 베란다에 보관한다. 양배추, 고구마, 사과. 그 정도만 있어도 충분하다. 자주, 조금씩 장을 본다. 그날 저녁 먹을 것 정도를 고민하고, 두세 번 먹을 정도만 사 둔다.

냉장고 없이 살면서 많이 사지 않게 됐다. 저장을 할 수 없으니 많이 사면 어쩔 수 없이 버려야 한다. 불필요한 것은 갖지 않는 것. 먹는 것뿐만 아니라 입는 것, 사는 곳에도 욕심을 부리지 않게 된다. 사람을 만나는 일도, 주는 것도, 받는 것도. 넘치지 않는다. 적절한 정도를 지킬 수 있게 된다.

어제 TV를 보다가 '8체질'이라는 것을 배웠다. 체질이 각기 다른 이유는 내장의 크기 탓이라고 한다. 고양이가 토끼보다 적게 먹는 건 장의 길이가 짧기 때문이라고 한다. 그러고 보니 하우스 메이트인 장수식물들은 대부분 잎이 넓고 두껍다.

장이 짧은 내 체질에는 따뜻한 음식이 좋다는 사실을 알게 됐다. 좋아하던 푸른 잎 채소가 몸에 맞지 않는다. 뿌리채소와 소고기, 마늘이 좋다고 했다. 수박은 동그라미, 포도는 엑스. 우유와 유제품, 콩을 먹으라고.

냉장고를 사야 하나? 잠깐 망설였다. (체질이 팔랑귀라고 한다.)

그때는 맞고
지금은 틀리다

일이

지난 일주일 동안 무탈하셨는지요?

어느 덧 4월이네요.

작년 여름부터 지금까지 붙잡고 있던 일이

오늘에서야 마무리가 되었어요.

홀가분합니다. 오랜만에 느껴 보는 기분이에요.

그런데 모처럼 쉬려고 하니 뭘 어떻게 해야 할지 모르겠어서

퍽 난감하네요.

전주를 가려 했는데 정말 갈 수 있을지 모르겠어요.

7년 전, '8체질'에 대해 처음 알게 됐다. 그리고 얼마 뒤 아내와 함께 체질검사를 했다. 친구의 권유였다. 이 녀석은 검사를 받고 의사의 지시에 따랐더니 건강 상태가 개선됐다는 이야기를 만날 때마다 침을 튀겨 가며 떠들어 댔다. 마치 은혜를 받은 신자가 벅차오르는 감동을 주체하지 못하고 포교 활동을 하는 모양새 같았다. 한의원을 찾아 검사를 받은 건 내 의지였지만 그 의지에는 친구 놈의 광기도 한 자밤 정도는 들어갔다.

　　검사를 받고 몇 달간 나 역시 그 친구처럼 8체질학에 흠뻑 빠졌었는데……. 내 체질이 뭐였더라? 이젠 기억조차 나질 않는다. 당시에는 사람들을 만날 때마다 8체질학이라는 위대한 복음을 열정적으로 전파하곤 했지만 돌이켜보니 정녕 내가 그랬었나 싶다. 당시 나는 몰랐다. 지금의 내가 8체질에 대해 이토록 냉랭해질지. 그때는 분명 그것만이 진리라 생각했는데.

　　뭐 어쨌든 몇 달간은 한의원에서 내린 지침을 빠짐없이 이행했다. 정작 나의 체질은 잊어버렸는데 하지 말라고 했던 건 여전히 또렷하게 기억이 난다. 특히 먹지 말라고 했던 것들. 그게 뭐였냐면, 세상에 존재하는 모든 매운 음식. 이를테면 고추, 파, 양파, 마늘처럼 매운 기운이 있는 재료로 만든 음식들. 그리고 현미, 토마토, 향이 강한 것, 전분이 있는 것, 강하고 자극적인 것들. 마지막으로 닭고기. 이렇게 적고 보니 도대체 뭘 먹으란 말인지 원. 맵고 자극적인 것을 먹지 말라니. 한국인에게 한식을 앗아 가는 처사나 다름없는 지침이지 않은가. 게다가 치킨 금지라니. 이건 거의 인권 박탈이다.

말도 안 되는 지침이었지만 그럼에도 불구하고 아내와 함께 무려 몇 달간을 시키는 대로 했다. 이유는 명료했다. 건강해지고 싶은 마음이 치킨의 맛보다 더 컸기 때문. 효과는 생각보다 금방 나타났다. 과연 몸이 좋아지는 것 같았다.

분명 당시에는 몸이 건강해지고 있다고 확신했는데 지금 시점에서 되짚어 보면 좋아지고 있다고 믿고 싶었던 것 같다.

그로부터 몇 년이 흐른 뒤, 우리는 또 다른 계기로 채식을 시작하게 됐다. (어떤 계기인지 궁금하다면, 《우리는 초식동물과 닮아서》를 읽어 보세요. 맞아요. 광고입니다.) 8체질학의 견해에 따르면 현미는 결코 아내와 내게 맞지 않는 음식이지만 채식의 세계에서는 그렇지 않다. 채식의 세계에서 현미는 뭐랄까, 절대 권력자 같은 느낌이랄까. 현미를 빼 놓고는 채식을 말할 수 없을 정도다. 채식을 권하는 어느 의사는 현미가 맞지 않는 인간은 없다고 이야기하기도 했다. 현미를 먹고 탈이 나는 건 과정에 불과하단다. 실제로 지난 몇 년간 현미를 꾸준히 섭취하고 있지만 그로 인한 부작용은 없다. 오히려 8체질학에서 내 체질과 궁합이 훌륭하다며 적극 권장했던 돼지고기, 소고기를 먹고 탈이 났던 적이 훨씬 더 많다.

7년 전에는 우리의 식탁과 정신이 8체질학에 예속당했지만 그리 오래지 않아 무엇도 아니게 됐다. 믿고 받들었던 대단한 의학이 그저 하나의 견해로 전락하고 말았다.

이제 막 결혼한 그때의 우리와 현재의 우리가 추구하는 삶의 최종 형태는 얼추 맥락이 비슷하다. 하지만 7년이라는 시간이 흐르는 동안 자잘한 생각들이나 혹은 중요한 가치관들은 조금씩 변했고 수정됐으며 또 진화돼 갔다. 비단 8체질 식단만의 이야기가 아니다. 결혼 초창기에는 떠돌이 생활에 질린 나머지 정착을 간절히 꿈꿨다. 이젠 그 꿈을 이뤄 그토록 원했던 정착을 하게 됐지만 우리는 또 모든 걸 정리하고 훌훌 떠나는 계획을 세우고 있다. 정착을 꿈꾸는 동안 우리는 확신했다. 정착하게 되면 평생토록 그곳에 뿌리내릴 거라고. 그때는 정착이 맞았지만 지금은 또 틀린 게 되어 버린 셈이다.

나는 당신이 지금 맞다고 생각하는 것들을 믿고 또 그것을 잘 지켜 내기를 지지한다. 다만, 그렇다고 해서 그 반대에 있는 무언가를 혹은 누군가를 부정하지 않았으면 한다. 우리가 정확하게 모르는 것에 대해, 경험하지 않은 것에 대해 귀를 닫지 않았으면 한다. 결혼을 꿈꾸다가도 어느 순간 비혼을 결심할 수도 있고, 또 누군가는 초지일관 비혼을 주장하다 별안간 결혼을 선택할 수도 있다. 그때는 맞고 지금은 틀릴 수도 있고 반대로 그때는 틀리고 지금이 맞을 수도 있다.

먼지에게 물렸다

최정화

TO. 일   .   4.4.

지난 이야기 읽다가 뿜을 뻔했어요.

에세이가 절반도 남지 않았다는 사실이 살짝 아쉬워지네요.

읽으면 따뜻하고 다정해지는 글이어서 메일을 받으면 기분이 좋아집니다.

또 하나 체질식 이야기 읽다가 작가님과 제가 체질이 같다는 사실을 알았네요.

체질도 같고 성향도 비슷해 둘이 이야기 주고받기 편안했나 봐요.

'정진바라밀'이라고, 쉬지 않아도 될 정도로 편안히 즐겁게

앞으로 나아가라는 말이 있대요. 이 책을 쓰는 제 마음이 그러네요.

함께 걸어 주셔서 감사합니다. 환한 봄 맞으세요.

어제 나는 먼지에게 물렸다.

할퀸 일은 있어도 물린 적은 처음이라 당황했다. 먼지는 내가 밖에 나가는 걸 싫어해서 저도 같이 나가겠다는 식으로 현관까지 따라오고, 나는 쓰레기봉투를 들고 나가야 한다는 사실만을 의식하느라 따라나온 먼지를 살피지 못했다. 조심스럽게 움직여야 한다는 사실을 잊은 채 쓰레기봉투를 힘차고 잽싸게 들어 올리는 순간, 아찔했다. 먼지가 내 손에 달려들더니 물어 버렸다.

나는 괴성을 지르고 그 소리에 놀란 먼지는 달아났다. 상처가 난 곳에 피가 맺히고 손은 화끈거리고 팔 전체가 뻐근했다. 연고를 바른 뒤 구석에서 잠시 화를 가라앉히고 침착함을 되찾은 뒤에 먼지의 기색을 살폈다.

당황한 건 먼지도 마찬가지. 먼지는 구석에서 얌전히 웅크리고 있었다. 일단 외출은 해야 해서 "안녕, 다녀올게." 먼지에게 어색한 인사를 던지고, 먼지도 어색한 표정으로 답했다.

집 밖을 나와 한숨을 내쉬었다. 손이 욱신거리자 대번에 든 생각은 '다음 번엔 혼자 살아야겠다.'였다.

방금 전까지 우리는 사이가 좋았다. 사실 나는 본능적으로 타인의 마음을 잘 알아주는 타입은 아니어서 상대가 좋아하는 것과 싫어하는 것을 기억해 뒀다가 맞추려고 노력하는 편이다. 오늘은 제법 먼지의 비위를 잘 맞췄다고 생각했는데 한순간의 방심 때문에 이런 일이 일어나니 기운이 빠졌다.

　　먼지가 왜 그랬는지는 이제 내가 더 잘 알고 있어서 계속 먼지를 탓할 수만도 없었다. 나도 모르게 먼지에게 마음으로 사과했다. 미안해, 먼지야. 네 입장을 충분히 더 살펴서 행동할게.

　　다친 왼손으로 대충 핸들을 잡은 채 킥보드를 타고 불광천을 달렸다. 먼지는 지금 무슨 생각을 하고 있을까? 마음은 좀 가라앉았을까? 너무 늦게 들어가면 더 사이가 안 좋아지지는 않을까? 밥그릇에 사료를 좀 더 채워 줄 걸 그랬나? 먼지 생각이 가시지 않았다.

　　집에 돌아오니 먼지는 아무렇지도 않아 보인다. 잊어버린 것 같다. 뻔뻔한 녀석인가. 쓰다듬어 달라고 머리를 밀고 바닥에서 뒹군다. 옆에 누워 배를 드러내고 팔다리를 허공에 띄운 채 늘어져 있다. 이 녀석은 어쩌면 당황하지 않았는지도 모른다. 사실 녀석의 입장에서 보면 위협을 느꼈기 때문에 나를 공격한 것뿐, 그에게는 아무런 잘못이 없다.

상대로 인해 내가 아플 때도 있다. 아주 가까운 관계에서 종종 그런 일이 일어난다. 아주 친한 친구와 서로에게 심한 말을 하고 절교했고, 사랑하던 소중한 사람에게 욕을 하고 이별했다. 가족과 다투고 집을 뛰쳐나오면서 무작정 독립을 시작했다. 오랜 시간 신뢰와 애정을 주고받던 이들과 다시 예전으로 돌아갈 수 없다는 걸 알게 되는 순간들. 그때는 상처가 너무 선명해서 영원히 되돌릴 수 없다고 생각했다.
오랜 시간이 흘러 절교한 친구와는 오해를 풀었고, 헤어진 옛 연인을 생각해도 무덤덤할 뿐이며, 가족과는 다시 스스럼없이 지내고 있다. 아플 것 같으면 잠시 뒤로 물러서는 방법도 익히고, 아파도 어쩔 수 없는 날에는 그냥 대충 넘어가는 방법도 배운다.

먼지에게 물렸다. 할퀸 적은 있었어도 문 건 처음이다. 너와 나의 감각 차이. 체구 차이. 취향 차이. 성격 차이. 그 모든 차이에도 불구하고 그런 것쯤은 우리가 헤어질 이유가 되지 않는다. 물리는 게 대순

가. 먼지에 대해 알고 있으면서도 고려하지 못한 내 실수지. 명백하고 선명한 상처에도 불구하고 놓을 수 없는 관계가 있다. 나는 먼지와 함께 살면서 책임감을 배운다. 연대를 배운다. 하우스 메이트 먼지의 심기를 건드리지 않기 위해 지금도 나는 되도록 소리를 내지 않으면서 키보드를 두드리고 있다.

　혹 소리가 너무 크다면 왼쪽 귀를 두 번 움직여 주십시오, 냥이 님!

내가 우는 게
우는 게 아니야

일이

TO. 최   4.14.

이곳 부산은 계속 날씨가 좋다가 요 이틀 동안 우중충합니다.

요즘은 모처럼 휴식기간이라 가열차게 놀고 있었는데,

날씨 덕분에 노는 것도 잠시 쉬어 갑니다.

날씨가 아니었다면, 이번 주는 원고 펑크 낼 뻔했어요. 위험했습니다.

흐린 날에 감사할 따름입니다. 때로는 흐린 것이 도움이 될 때도 있네요.

작년 끝자락에 시작해 어느덧 막바지를 향해 가고 있다니

저 역시 아쉬운 마음입니다.

그렇지만 아직 끝은 아니니, 남은 시간 동안 마음을 다해 보겠습니다.

나는 눈물이 많다. 툭하면 눈물을 흘린다. 눈물을 흘리는 걸 보통 '울다'라고 표현하는데, 그 단어의 뜻에는 감정을 억누르지 못한다는 의미가 담겨 있다.

언제부턴가 내 눈물에는 감정이 결여되어 있다는 느낌을 지울 수가 없었다. 감정의 부재가 있는 눈물에 차마 '울다'라는 의미를 담을 수는 없어서 눈물이 흐른다고밖에 쓰지 못하겠는 기분이다.

응당 눈물이라 함은 감정의 변화 없이는 쉬이 얻기 힘든 물질일 텐데 어째서 그런 기분이 드는 걸까. 그렇다면 내가 느낀 슬픔과 그리움, 그리고 사무치는 감정들의 정체는 무엇이란 말인가. 그것이 거짓일 리는 없다. 만약 거짓이라면 내가 흘린 눈물은 무엇이란 말인가. 말이 앞뒤가 맞지 않는다. 그런데 어째서 마치 눈물을 흘리는 기능이 탑재된 것만 같은 느낌이 떨쳐지지 않을까.

고민하고 추적하고 관찰해 봤지만 어떤 단서도 찾을 수 없었다. 마지막에 남는 건 정서적으로 문제가 있는 건 아닐까, 혹시 말로만 듣던 정신질환 같은 것일까, 하는 추측이 전부였다. 미치고 환장할 노릇이다. 그럴 것이 그런 와중에도 TV 속의 어떤 이야기에 여전히 뜨거운 눈물을 흘리고 있기 때문이다.

눈물이 흐르는 그 순간의 내 감정은 분명 거짓이 아니었다. 어떤 부모의 희생에, 어떤 연인의 사랑에, 작고 소중한 동물의 교감에 반응했고 그에 걸맞은 눈물과, 코끝에 통하는 짜릿한 전기 맛을 분명 선명하게 느꼈다. 그런데 참 아이로니컬하게도 무언가 빠져 있다는 생각을 지울 수가 없다. 무언가가 부재해서 내가 내 눈물엔 감정이 결여되었다고 느끼고 있구나 싶었다. 그렇지만 부재된 것의 정체는 도통 알 수가 없었다. 스스로를 관찰해서 찾은 건 이게 고작이었다. 분명한 건 나는 내 눈물과 감정 사이에 존재하는 미지의 세계 어딘가에서 길을 잃어버린 나그네가 되었다는 것이다.

원래 고민이 생기면, 최고의 단짝인 아내에게 곧장 이야기해서 함께 해결책을 찾는 편인데, 어쩐지 이번에는 그러질 못했다. 나그네가 된 정황을 정리하는 게 어렵기도 했고, 조금 더 상황을 지켜보고 싶기도 했다. 이제와 생각해 보니 조금 궁금하기도 하다. 아내와 바로 이야기를 나눴으면 어땠을까.

어찌 되었든 꽤 오랜 시간 나그네 신세를 면치 못한 나머지, 눈물을 흘릴 때마다 마음 한구석이 불편한 상태가 되어 버렸다. 내 안의 또 다른 내가 자꾸 내 눈물을 비웃는 것만 같은 기분이랄까. 거짓 눈물이라며 비난하는 것만 같은 기분. 아마 이 상태가 오래도록 지속되었다면 정말 힘들었을지도 모르겠다.

신이 나를 불쌍히 여겼는지 다행히 그리 오래 지나지 않아 그 상태는 끝이 났다. 바로 얼마 전 예기치 않은 상황에서 아내와 오랜만에 도란도란 이야기를 나누게 됐고(다음 꼭지의 이야기), 그 대화 속에서 감정선을 혼미하게 만들었던 거짓 눈물의 단서, 무언가의 부재를 희미하게 느끼게 된 것이다.

'진심'

어쩌면 진심이 아니었을지도 모른다고 스치듯 생각했다.

다음 날, 평소처럼 TV를 보며 하루를 마무리하고 있는데, 여느 때라면 눈물 몇 방울 흘리면 끝날 법한 TV 속 어떤 장면에서 그만 펑펑 울고 말았다. 울었다. 울었다. 울고 또 울었다. 단순히 눈물을 흘린 게 아니라 뜨겁다 못해 활활 타오르게 울어 버렸다. 그 울음에서 내가 발견한 것은 왼쪽 가슴의 통증이었다. 그동안 내가 감정이 결여되었다고 했던 눈물에서는 느끼지 못했던 통증이자 참으로 오랜만에 느껴 본 욱신거림이었다. 잊어버린지도, 잃어버린지도 모른 채 살아가고 있었던 왼쪽 가슴의 통증을 찾았고 그로 인해 죽어 있던 감정의 감각이 다시금 깨어나고 있음을 느꼈다.

'진심'이 부족한 나머지 무뎌져 있었던 것 같다. 누군가의 작은 슬픔에도, 형언하기 힘들 만큼의 커다란 비극에도, 친절에도, 선의에도, 기쁨에도, 소중한 사람에게조차도. 모든 것에 무뎌졌지만 습관은 남아 울고 웃고 화냈던 건 아니었을까, 하고 생각했다. 더불어 자신의 감정에 깨어 있어야겠다고 생각했다. 그렇지 않으면 무뎌지고 잠식당해 자신도 모르는 사이에 길을 잃은 나그네가 되어 버릴지도 모른다고 그렇게 생각했다.

PART 3

그래서
서로가 필요한 사람

대신 기억해 주는 사람

최정화

TO. 일   4.18.

저도 코로나19에 걸렸습니다.

코로나19 바이러스의 원인이 박쥐가 아니라는 말을

제가 신뢰하는 의료 전문가분이 하셨는데

그래서 우리가 겪고 있는 이 일들에 대해 더 겸허해지게 되네요.

여튼 이번 에세이 쓰기는 참 잘한 일이구나 싶어요.

아름다운 합을 이루어 가는 소중한 경험이네요.

하루하루 행복하세요.

며칠 전 대학 선배에게서 전화가 왔다. 기후위기와 관련한 강의를 기획했는데 연사로 참여해 줄 수 있겠느냐고 제안하기에 선뜻 응했다. 최근 내 관심사가 기후위기에 쏠려 있기에 강연 준비는 차질 없이 착착 진행됐다. 문제는 선배가 대학 시절에 대한 추억을 잠시 꺼냈을 때 발생했다. 선배가 동아리에서 함께 합평했던 일에 대해 이야기하는데 내 기억에 선배는 그 합평회 자리에 없었다. 비록 내 기억에는 없지만 나는 선배의 말이 맞을 수도 있다고 생각했다. 왜냐하면 이전에도 비슷한 일이 있었기 때문이다. 내 기억엔 분명 처음 대화를 나눈 사람이었는데 그는 나와 전에 대화를 나눈 적이 있다고 했었다. 선배가 다른 친구(나와 친했던 H양)와 나를 혼동하고 있을지도, 그게 아니라면 내가 기억을 못하는 것일지도 모르지, 하고 그냥 넘겨 버렸다.

　　강연 날 선배는 부산에 출장을 갔다가 늦게 도착했다. 악수를 나누고, 강연장에서 잠시 이야기를 나누었다. 선배가 이번에는 대학 동아리에서 운영했던 홈페이지에 내가 올렸던 글에 대해 이야기를 했는데 나는 그 글의 내용이 도통 기억나지 않았다. 선배의 이야기를 듣고 떠오른 건 홈페이지의 디자인뿐이었다. 글의 내용이 아니라 홈페이지 배너의 색깔과 폰트만이 선명하게 떠올랐다.

마지막으로 헤어지기 전에, 선배가 내게 "네가 아프다는 이야기도 들었어." 하고 제법 다정하고 따뜻한 말을 건넸을 때, 나는 그것 역시 기억해 내지 못했다. 그는 "아니라니 다행이야." 하고 그냥 넘어갔다.

선배와 헤어지고 집에 돌아와서야 나는 내가 아팠던 때가 기억났다. 그때는 꽤 심각했는데 완전히 잊고 있었다.

'아, 내가 그랬던 적이 있었지. 몹시 아팠던 적이.'

누군가가 잊는 일을 누군가는 기억하고 있다는 것. 당사자는 이미 잊은 일을 주변 사람들은 기억하고 있다.

나는 내가 그 일을 기억해 내지 못했다는 것이 실은 조금 기쁘기도 했다. 왜냐하면 난 늘 잊고 싶었기 때문이다. 잊히지 않는 기억으로 오랫동안 고생했었다. 어쩌면 내가 그 일을 잊을 수 있었던 건, 선배처럼 다른 사람들이 대신 기억해 주었기 때문은 아니었을까? 그러니 나는 마음 놓고 그 일을 잊어도 된다면서.

잠들기 전 메일함을 열었는데, 번역가에게서 메일이 와 있다. 두 번째 장편 소설에 관한 내용이었다. 이어진 질문들에 선뜻 대답을 할 수가 없었다. 기억이 나지 않았기 때문이다. 물론 책을 다시 읽으면 대답을 할 수 있을 것이다. 물론 책을 쓸 때의 과거를 기억해 내지는 못하겠지만 책을 읽으면서 새로운 연결 지점들을 발견할 수 있을 테니까.

우리는 매번 과거를 새로 쓴다. 그것을 해석이라고 말하기도 한다. 그 해석은 번번이 달라져서 우리를 곤란에 빠뜨리기도 하고 구원하기도 한다. 오히려 정말로 곤란해지는 건 그 해석이 항상 같을 때다. 그건 어제와 다를 게 없는 오늘을 살고 있다는 증명이니까. 과거는 매번 새로워야 한다. 어떤 일은 마땅히 잊혀야 한다. 가끔씩 잊힌 일이 되돌아올 때도 있다. 돌아온 과거가, 기억하고 있는 과거와 이가 맞지 않는다고 해도 그게 그리 이상한 일은 아니다. 돌아온 과거는 어디까지나 과거의 일부일 뿐이다. 과거의 전부는 아닌 것이다. 우리는 전부를 기억할 수는 없다. 그 사실이 왠지 나를 안심시킨다.

대화가 필요해 1

일이

TO. 최   4.28.

바쁠 때만 바쁜 프리랜서의 특성은 어째서 변하지 않는 걸까요?

지난 몇 달간 누리지 못했던 것을 한번에 몰아서 하고 있어서

저는 요즘 흥청망청의 끝을 향해 달려가는 중입니다.

4월 한 달간 원 없이 놀았어요. 이제 그것도 얼마 남지 않았네요.

5월부터는 또 바르게(?) 살기로 다짐했거든요.

원고 마감도 얼마 남지 않은 시점에서 바른 마음의 바른 에너지를 담아

잘 써 보겠습니다.

아내와 나는 스쿠터를 즐겨 탄다. 즐겨 탄다고는
해도 아내는 아직 운전이 서툴러서 기껏해야 동네 마
실이나 마트를 가기 위해 타는 게 전부였다. 그마저
도 겨울이 오고서는 점점 줄어들다 결국 스쿠터는 멈
췄다. 스쿠터가 멈춰 있는 동안은 오토바이를 콘텐츠
로 하는 유튜브를 즐겨 보곤 했다. 조그만 오토바이
를 타고 전국 일주를 하거나, 오토바이에 캠핑 장비
를 잔뜩 실어 떠나는 모습을 보는 재미가 쏠쏠했다.
대리만족이라는 게 이런 거구나. 바람이 매서웠던 겨
울, 살갗에 닿는 촉감이 보드라운 이불을 뒤집어쓴
채 한 손에는 밀감을 쥐고 또 다른 손엔 리모컨을 쥐
고 네모난 TV를 보며 생각했다. 따뜻한 봄이 오면 우
리도 어떤 도전을 해 보리라. 무엇이 될지 모를 도전
을 품은 채, 그런 채로 겨울이 지나갔다.

　　그리고 어김없이 봄이 왔고, 우리는 다시 스쿠터
를 깨웠다. 전국 일주까진 아니더라도 부산에서 강원
도 고성까지 이어진 해변 도로를 타고 동해안 여행을
떠나자고 했다. 설레는 마음으로 여행 계획을 세우려
는데, 문득 근본적인 의문이 비집고 들어왔다. 제법
긴 여행이 될 텐데, 운전이 서툰 아내에게 과연 이번
여행이 가능할까. 지난 1년 동안 아내의 스쿠터 주행

거리는 1,000킬로미터. 그마저도 내가 어림잡아 600 킬로미터 정도 몰았으니, 아내가 직접 운전한 건 겨우 400킬로미터가 전부인 셈이다. 아무래도 아직은 무리다.

그러니 특훈이다!

특훈을 위해 인터콤 기능 있는 블루투스 스피커를 구매했다. 인터콤 시스템은 무전기와 다르게 단방향이 아니라 양방향으로 소통이 가능한 걸 말하는데, 헬멧 안쪽에 스피커와 마이크를 부착해 사용한다. 평소에도 쉬지 않고 조잘조잘 대는데, 오토바이를 타는 동안에도 뭐가 그리 아쉬운지 우린 소통의 끈을 놓지 않으려 했다. 이게 주목적은 아니었다. 운전이 서툰 아내에게 안전한 주행에 필요한 갖가지 조언을 하기 위해 준비한 인터콤은 용도에 맞게 충분히 제 기능을 하긴 했지만, 떠올려보면 어느샌가 주로 수다를 위해 쓰이고 있었다.

하지만 그렇게 각자의 스쿠터에서 서로의 모습을 한 발치 떨어진 채 바라보며 이야기를 나누는 게 좋았다. 연애 때나 했던 별 내용 없는 장시간의 전화 통화를 다시 하는 기분이랄까. 차마 눈 뜨고는 볼 수 없는 갖가지 애교들이 난무하는가 하면, 때로는 걱정거리나 고민거리들을 터놓고 이야기하기도 했다. 지난겨울, 여러 가지 업무들로 서로를 돌보지 못해 놓치고 있던 감정들. 그 감정들에 대해 이야기하고 각자의 생각을 들으며, 각자가 가진 서로의 감정들을 업데이트했다. 늘 하는 대화와 같은 궤도에 있는 것이었지만 어쩐지 새로웠고, 그 새로운 느낌이 좋았다. 신선했다. 신선하다는 느낌도 꽤 오랜만이었다.

바쁜 일정들이 어느 정도 마무리가 되어 마음의 여유가 생긴 건지, 아니면 오랜만에 이야기를 나눠 좋았던 건지 모르겠다. 헷갈리지만 어쨌든 중요한 건 여유를 갖는 것과 서로를 향한 끊임없는 관심임을 다시금 느꼈다. '우리는 서로를 잘 알아!' 이 아름답고 달콤한 말에 기대 서로에 대해 소원해지면 안 되겠다는 생각을 했다.

나도 아내도 예전부터 지금까지 우리는 계속해서 변해 왔다. 대부분의 것이 그랬다. 어떤 형태가 될지 모르겠지만 또 어느 시점, 어느 순간, 서서히 때로는 갑자기 변할지도 모른다. 하여, 때를 놓치지 않고 서로의 상태를 업데이트시키는 것을 잊지 말아야겠다고 생각했다. 그 시기를 놓치는 순간. 그 찰나를 놓치지 않고 암흑의 세력이 우리를 갈라놓으려 발톱을 곧게 세워 달려들게 뻔하다. 그 무시무시한 세력은 나의 마음속에도 아내의 마음속에도 존재하니까…….

어쨌든 인터콤이라는 물건 덕에 특훈은 이래저래 아주 성공적이었다. 대략 열흘 동안 1,000킬로미터 정도를 더 탔고, 아내의 스쿠터 계기반에는 1,000킬로미터 대신 2,000킬로미터라는 숫자가 떠 있었다. 겨우 열흘 동안 지난 1년간 탔던 것보다 훨씬 더 많이 탄 셈이다.

아내와 함께 스쿠터를 타는 것, 그리고 여행을 떠나는 건 나의 로망이었다. 로망을 실현시키기 전까지는 전혀 알지 못했다. 운동신경이 제법 뛰어난 아내의 신체능력과 스쿠터를 구입할 수 있는 경제력만 있으면 이룰 수 있는 꿈이라고 생각했다. 하지만 그건 로망 실현을 위한 조건이었을 뿐이었다. 이를 가능케 할 수 있는 건 대화와 소통이었다.

대화는 정말이지 시쳇말로 너모너모 소듕해.

(다음 편에 계속)

매일 누군가 보내 주는
밥을 먹고 싶다

최정화

TO. 일   5.2.

스쿠터라니 두근두근했어요.

어쩐지 기계와는 친해지지 못하는 탓에 운전면허도 포기하고

킥보드를 타고 다닌답니다.

스쿠터 대화라니 매우 낭만적입니다. 부럽다!

전 코로나19 후유증으로 작업을 아직 시작하지 못하고 있어요.

이번 에세이를 쓰는 것은 제게 일처럼 느껴지지 않아서 편지를 쓰는

마음으로 이런저런 이야기를 편안하게 늘어놓았습니다. 작가님의 덕분입니다.

스쿠터 대화 2편이 기대됩니다.

코로나19에 걸렸다. 목이 붓고 편도가 좁아지고 급기야 목소리가 나오지 않았다. 검사 키트에 두 개의 선이 나란히 나타나자 제일 먼저 든 생각은 '밥걱정'이었다. 매일 그날 먹을 만큼만 조금씩 장을 보는 데다가 마침 쌀도 똑 떨어진 상태라 당장 오늘 저녁밥을 먹을 수 있을지도 미지수였다. 게다가 휴대전화로는 인터넷 결제를 한 적이 없어 배달음식을 시킬 수도 없는 상황.

혼자 살게 되면서 몇 가지 긴장의 끈을 놓지 않았던 것 중 하나가 '절대 아파서는 안 된다'였다. 아프면 당장 나 대신 내가 하던 걸 해 줄 사람이 없으니까. 고양이와 식물들은 훌륭한 가족이 되어 주었지만, 사람이 하는 일을 대신 해 줄 수는 없는 노릇이기에 건강과 체력 관리에 충분한 시간을 들여 왔다. 하지만 전염병은 피하지 못했다.

막막한 심정으로 SNS에 일기를 적었다. 그런데 이게 웬일! 한 끼의 식사를 보내 주겠다는 덧글이 하나둘씩 달리기 시작했다. 대학선배, 한 번 만난 적 있는 친구의 친구, 어린 시절 동네친구, 시인인 동료 문인까지 올라온 덧글의 개수를 세어 보니 아파서 누워 있는 동안 밥걱정은 안 해도 되게 생겼다.

일단 대학 선배에게 문자 메시지를 보내 먼지의 모래와 사료를 부탁했다. 친구의 친구는 식사권을 보내 주었고, 또 다른 대학 선배에게는 그날 저녁식사를 부탁했다.

'배고파. 지금 보내줘.'
'뭐 먹을래?'
'치킨.'
'그냥 치킨이면 돼?'
'아니다. 찜닭.'
'이제 안 바뀌는 거지?'
'응.'

선배가 보내 준 찜닭을 나누어 여러 끼니를 먹고, 친구의 친구가 보내 준 식사권으로 또 몇 끼를 해결하는 동안 병이 나았다. 덧글을 달아 준 친구들에게 고맙다는 말을 남기고, 완쾌되었다는 소식을 전했다.

혼자 살면 아프면 안 된다고 누가 그랬지? 그 말에 괜히 쫄았다. 혼자 살든 둘이 살든 여럿이 살든 아프면 쉬면 된다. 혼자 살든 둘이 살든 누구랑 살든 말든 아프면 누군가 도와주기 마련이다.

　도와주겠다고 덧글을 달아 준 친구들은 대부분 몇 년 동안 만난 적이 없는 옛 사람들이었다. 대학을 졸업한 지는 20년이 넘었고, 동네 친구 얼굴을 못 본 지는 더 오래 됐다. 그래도 여전히 나를 기억해 주고, 곤경에 처하자 선뜻 손을 내밀어 준 옛 사람들 덕에 며칠 누워서 뒹굴거리며 누군가 보내 준 밥을 먹었다.

　내가 안 치우면 방이 깨끗해지지 않는다는 것, 내가 요리하지 않으면 밥이 생겨나지 않는다는 것, 내가 안 벌면 돈이 생기지 않는다는 것, 이런 당연한 사실들을 깨달으면서부터 아프면 절대 안 된다고 나 자신을 다그쳐 왔다. 그러나 어떻게 사람이 아프지 않을 수 있겠는가?

　코로나19는 내게 '나도 아파도 된다'는 걸 가르쳐 줬다. 일상을 중지하고 아무 생각 없이 누워만 있는 시간이 내게 꼭 필요했다.

　코로나19를 앓는 동안 나는 이런 생각을 했다.

　이렇게 매일 누군가 '보내 준' 밥을 먹고 싶다. 내가 아는 모든 사람들이 돌아가면서 나에게 매일 한 끼씩을 보내 준다면 가능하지 않을까?

대화가 필요해 2

일이

TO. 최   5.11.

코로나19 후유증은 좀 괜찮으신지요?

저도 몇 주간은 잔잔한 후유증에 힘들었는데 이젠 평화를 찾았습니다.

그럼에도 불구하고 요즘 운동 중인데, 숨이 조금만 부족해도

'혹시 이거 후유증?' 하는 생각이 계속해서 따라다니곤 합니다.

여하튼 작가님에게도 속히 아무렇지 않은 시간이 찾아오길 바라요.

운동이랑은 담을 쌓고 살다가 난생처음으로 PT라는 걸 하고 있어요.

오늘도 PT 받는 날인데 메일 쓰고 있는 지금부터 두려움에 떨고 있습니다.

주행 감각도 어느 정도 몸에 익었으니 이 정도면 동해안 여행은 할 수 있지 않을까 싶었다. 긴 여행에 앞서 시험 삼아 오랜만에 남해에 있는 (소중한 친구이자 동료인) 성우 형을 보러 가는 건 어떠냐고 아내에게 물었다. 집에서 성우 형이 있는 남해까지는 편도 약 200킬로미터에 네 시간 정도가 소요됐다. 예행여행으로는 제격인 것 같았다. 아내도 흔쾌히 수락했다. 아내의 얼굴에는 설렘과 옅은 긴장이 감돌았고, 덩달아 나도 어쩐지 설레었다. 이 얼마 만에 여행인가. 무엇이든 처음은 긴장되는 법. 아내는 스쿠터를 타고 시외를 넘어가는 것이 처음이었고, 나로서는 길잡이가 되어 여행을 하는 것이 처음이었다.

　　아무짝에도 쓸모없는 고집이나 자존심 따위, 장르가 달라서 그렇지 누구나 하나씩은 가지고 있지 않나(물론 없는 사람도 있겠지만). 나 역시 그런 유의 것이 몇 가지 있는데 그중 하나가 자동차든 스쿠터든 운전을 할 때 내비게이션 보는 걸 끔찍이 싫어하는 것이다(쓸데없는 고집인 걸 알지만 일단 그렇다). 스쿠터를 타고 남해에 가는 게 처음은 아니지만 그땐 선행하던 친구를 졸졸 따라가기만 했던 터라 길잡이가 되어야하는 지금과는 이야기가 사뭇 다르다. 고집대로라면 아랑곳하지 않고 내비게이션을 사용하지 않았겠지만, 나 혼자 떠나는 여행도 아닌 데다가 원활하고 즐거운 여행을 위해 고집은 잠시 내려놓기로 했다(아마 혼자 떠나는 여행이었다면 끝까지 고집을 피웠을 것 같다. 미련하게……).

내비게이션을 사용하려면 스쿠터의 백미러에 스마트폰을 거치하는 어댑터가 필요하다. 돌아오는 수요일에 출발하기로 했으니, 어댑터는 늦어도 화요일엔 도착할 수 있게 주문하기로 하고 온라인 쇼핑을 시작했다.

'당일 칼배송!'

강력한 문구에 반해 곧장 주문했다. 토요일 오전이었다. 아니나 다를까. 주문한 지 불과 한 시간도 채 되지 않아 발송됐다는 메시지가 왔다. 택배 송장번호도 기입돼 있었다. 토요일이라 큰 기대는 하지 않았는데, 과연 자신감 넘치는 문구에 걸맞구나 생각하며 엄지손가락을 치켜세웠다. 토요일에 발송됐으니 별일 없으면 월요일에 도착하겠거니 하고 평화로운 주말을 보냈다.

월요일 저녁, 별일이 있었는지 택배는 오지 않았다. 이때까지만 해도 괜찮았다. 수요일 이른 아침에 출발할 예정이라 내일 도착해도 일정에 차질은 없을 테니까. 하지만 이 마음은 그리 오래가지 않았다. 밤 열한 시경 혹시나 하는 마음으로 송장을 조회해 봤다. 조회가 되질 않았다. 송장 번호만 입력돼 있었을 뿐, 택배 접수가 되지 않은 것 같았다. 몇 번이고 조회 버튼을 눌러 봤지만, 운송장을 확인할 수 없다는 문구만 스마트폰의 작은 화면 속에서 선명하게 빛나고 있었다.

이때부터 내면의 평화에 금이 가기 시작했고 감정이 요동쳤다. '당일 칼배송'이라는 문구에 갑자기 분노가 치솟았다. 사기를 당한 기분이 들었다. 그 문구를 믿고 주문했는데, 그 믿음 때문에 모든 계획이 틀어졌다는 생각이 들었다. 당장 전화를 걸어 따지고 싶은 마음이었지만 늦은 시각이라 고객센터에 전화할 수도 없는 노릇이었다. 화를 참지 못하고 문의게시판에 칼배송이라는 문구를 비난하는 글을 남겼다. 나름대로 논리 정연하게 글을 쓰고 틀린 대목은 없는지 몇 번이나 확인한 뒤 글을 등록했다. 확인 버튼을 누르는 순간, 누군가를 원망하며 글을 쓰는 게 어색했다. 나름 평화주의자라 그런 것도 있지만, 그보다는 나에게 벌어진 상황에 비해 필요 이상의 분노를 표출하고 있는 게 아닌가 하는 마음 때문이었다. 굳이 이렇게까지 해야 하나 싶은 생각이 들어 이내 글을 삭제했다. 그러고 나니 또 화가 끓어올라 다시 글을 썼다. 그리고 또 지웠다. 그걸 몇 번인가 반복했다.

묘한 기분에 휩싸였다. 난 왜 갑자기 필요 이상으로 분노하고 있는 걸까. 그리고 왜 이렇게 분노가 쉽사리 사그라지지 않는 걸까. 머릿속이 복잡했다. 화를 참지 못하고 상대에게 나의 분노를 전달해 버리면 분명 후회할 것이고, 그렇다고 또 아무 일도 아니라는 듯 화를 묻어 버리면 결국 더 큰 화가 돼 나를 삼킬 것만 같았다. 여행의 설렘은 온데간데없고 분노와 갈등에 뒤범벅된 채 잔뜩 일그러진 내 얼굴의 잔상이 아른거렸다. 흉측한 잔상을 마주했음에도 분노는 사그라지지 않았다. 그리고 문득 어떤 위기감이 느껴졌다. 이런 감정이 반복되다 보면 정신증 같은 게 발현될지도 모르겠다는 생각, 뉴스에서나 볼 법한 황당한 사건사고의 주인공이 내가 될지도 모를 일이겠다는 생각이 들었다.

'40대 남성이 흉기를 휘두르며 욕설을 퍼붓는 일이 벌어졌습니다. 택배가 늦었다는 황당한 이유였습니다.' 뭐, 이런 거…….

이대로는 안 되겠다 싶어 아내에게 도움을 청했다. 어른스럽지 못함과 더불어 어딘지 모르게 치졸하고 쪼잔한 내가 부끄러웠지만 솔직한 감정을 아내에게 털어놓았다. 필요 이상으로 화가 나는데, 그것을 주체하지 못하겠다고, 도와달라고…….

아내는 차분히 말했다. 내일 오전에 성우 형에게 자초지종을 설명하고 목요일에 출발하겠다고 먼저 이야기를 한 다음, 고객센터에 전화를 걸어서 빠르게 처리해 달라고 요청을 하라는 것이었다. 그리고 덧붙여 약속한 날짜에 이행되지 않는 것을 참지 못하는 강박(글의 서두에 말했던, 아무짝에도 쓸모없는 나의 여러 고집 중 하나)에 집착하지 말라고, 그것으로 인해 굳이 애써 괴로운 심정이 되지 말라고 당부했다. 수요일에 못 가면 목요일에 가면 그뿐이라고…….

문득, 나의 이야기를 들어줄 아내가 없었다면, 오늘의 나는 어떻게 되었을까 하는 생각이 들었다. 어쩌면 나는 분노에 먹혀 버려, 별것도 아닌 일에 악담을 퍼붓는 사람, 화를 다스리지 못하고 무턱대고 표출하는 사람이 되었을지도 모른다. 현재의 내 모습, 나다움이 있기까지 아내라는 존재와 나눴던 것들이 얼마나 큰 지분을 차지하는지 다시금 느꼈다. 여하튼 아내의 솔루션을 받아들인 뒤에는 분노 따위 언제 있었냐는 듯 마음의 평화가 찾아왔다. 역시나 필요 이상의 분노였다.

평정심이 가득한 누군가에겐, 강력한 멘털의 소유자에겐, 아무것도 아닌 에피소드일지 모른다. 하지만 나처럼 산들바람에도 나부끼는 하늘하늘한 멘털을 가진 이에겐 곁에 있어 주는 누군가가 얼마나 소중한지 모른다. 아마 아내가 없었다면 지금의 나는 지금의 모습이 아닐지도 모른다. 그 모습이 어떨지 섣불리 판단하기는 힘들지만 망상에 잘 빠지는 나는 편협하기 짝이 없는 사람이 되었을 것만 같다.

잠들기 전 혹시나 하는 마음에 송장 조회를 했다. 분명 밤 열두 시가 넘도록 조회가 되지 않는데, 어쩐 일인지 배송 중이라고 바뀌어 있었다. 배송 중이라는 글자를 본 순간, 양쪽 귀가 달아오르는 게 느껴졌다. 참담할 정도로 부끄러운 마음이 되었다. 겨우 이런 것 때문에 분노했다는 것이, 겨우 이런 것 때문에 누군가를 비난하려는 마음을 가졌다는 것이 너무나도 부끄러웠다. 그리고 다음 날인 화요일에 택배

는 무사히 도착했고, 그 덕분에 아내와 나는 즐거운
마음으로 남해로 예행 여행을 다녀올 수 있었다.

깊은 새벽의
10초 데이트

최정화

TO. 일   5.16.

PT를 받고 계시다니 어쩐지 상상이 잘 되지 않습니다.

전에 요가를 하시던 건 어찌되셨나요?

전 요즘 일중독에서 벗어나기 위해

사람들과 만나는 시간을 늘려 가고 있습니다.

한 달 동안 일을 하지 않았더니 얼굴이 밝아지고 웃음이 늘었어요.

점점 더 적당해진다는 느낌입니다.

뭐든 열심히 하는 타입이었는데 뭐든 대충하려고 하니 살 만하네요.

지난 이야기 공감됐어요. 저도 작은 일에 불끈할 때가 있거든요.

먼지는 물그릇을 자주 엎는다.

처음부터 그랬던 건 아니다. 처음 먼지가 내게 불만이 있을 땐 똥을 누었다. 방 한가운데 덩그러니 놓인 똥. 무심코 걷다가 거실에서 발바닥에 들러붙는 똥. 작은 방에 들어서다 예상치 못하게 피부에 와 닿는 물컹한 똥.

똥은 분명 불만의 표시였다. 바빠서 신경을 써 주지 못할 때, 집에 늦게 들어올 때, 관심이 딴 데 쏠려 있을 때면 먼지는 어김없이 똥 한 덩어리를 바닥에 내려놓았다.

먼지가 똥을 멈춘 건 내가 똥을 밟고도 놀라거나 화내거나 당황하지 않으면서부터였다. 나는 서른 살에 조울증이 발병해 이후 '어떻게 하면 감정을 조절할 수 있는가?'를 화두로 꾸준히 자기수련에 정진해 왔다. 글쓰기 10년, 카포에라 2년, 요가 6년. 똥을 밟는 정도로는 기분이 나빠지지 않았다. 먼지가 똥을 주는 목적은 나를 도발하려는 데 있었으니 이후로는 내게 똥을 주지 않았다. 똥을 밟고도 아무 표정의 변화 없이 얼굴에 난 땀을 닦듯 자연스럽고 태평하게 똥을 닦는 나를 보며 먼지는 '이제 저 녀석은 똥 정도로는 안 되겠다!'고 마음먹은 모양이었다.

그 뒤로 먼지는 물그릇을 엎기 시작했다. 물그릇은 매트를 적시고 바닥으로 흘러 들어가는데, 똥보다 치우기가 번거로웠다. 더욱이 먼지가 물그릇을 엎는 시간은 주로 새벽. 일찍 일어나면 하루 종일 기운이 없는 나와 새벽형 고양이 먼지의 동거 생활 중 먼지가 가장 똘망똘망해지고 내가 가장 멍청해지는 그 시간대에, 먼지는 어김없이 물그릇을 엎었다. 잠결에 일어나 걸레질을 하고 들어오면 잠은 싹 달아나고 말았다. 불교방송을 켜 경전 외는 소리를 들으면서 마음을 좀 가라앉히고, 눈을 감은 채 좌우로 빠르게 움직이는 눈 운동(깊은 잠을 잘 때 눈이 빨리 움직이기 때문에, 눈을 빨리 움직이면 잠에 들기 쉽다고 한다)을 하면서 다시 잠을 청했다.

그래도 잠이 오지 않아, 왜 우리 사이가 이렇게 되어 버렸는지에 대해 생각해 보았다. 처음 먼지는 분명 물그릇 따위 엎지르지 않는 순한 고양이였는데 어쩌다 내 약점을 찾아내고 그걸 이용하는 교활한 고양이가 되어 버렸는지를. 답은 간단했다. 먼지가 나를 깨울 때 내가 일어나지 않았던 것이다.

잠을 자지 못하면 예민해지는 성격 탓에 되도록 많이 자려고 노력하는 편인데, 먼지는 그런 나를 새벽에 깨우고 싶어 했다. 그때만 해도 머리카락을 이빨로 물어서 잡아당기거나, 앞발로 툭툭 건드리거나, 배 위에 올라타는 등의 지극히 상식적인 방식이었는데, 그래도 일어나지 않자 이번에는 물그릇을 택했다. 효과가 빨랐던 것이다. 아무리 깨워도 일어나지 않던 내가 물그릇을 엎는 순간 거실로 뛰어나갔다.

먼지의 계략에 맞서 나 또한 대책을 세웠다. 걸레질을 하고 나면 다시 잠이 들기 어렵다는 사실을 알고 난 뒤에는 눈을 감고 걸레질을 했다. 그러니까 다시 잠드는 일이 한결 수월해져서 이제 먼지가 물그릇을 엎어도 전처럼 큰 감정이 일지 않았다. 왠지 마음이 켕기는 날에는 물그릇 아래에 걸레를 받쳐 놓기도 하는 등, 먼지의 반격에 차차 적응해 나가기 시작했다.

다시 잠이 드는 일에는 성공했다지만 먼지와의 소통방식이 바람직하지 못한 방향으로 진전되고 있다는 생각이 들었다.

어떻게 먼지가 물그릇을 엎는 것을 멈출 수 있을까 고민하다가 거실에 둔 물그릇이 보이는 지점에 머리를 두고 잤다. 나중에는 그것도 익숙해져서 물그릇을 엎어도 일어나지 않았다. 그대로 두었다가 아침에 닦으면 된다는 사실을 깨달은 것이다.

　　콜럼버스의 달걀과 같은 일이 일어났다. 잠이 들지 못해 괴로운 일이 더 이상 일어나지 않을 발견이었다. 더 이상 먼지의 물그릇 엎기는 아무 효과가 없었다.

　　그런데 정말 그렇게 되어 버리자 갑자기 쓸쓸해졌다. 먼지는 물그릇을 엎고 나는 자고. 편한 건 사실이지만 어쩐지 그렇게 하고 싶지 않았다. 좀 피곤하더라도 먼지가 무슨 얘길 하고 싶어 하는지 알아들었다는 말을 전하고 싶었다.

　　먼지가 몇 번 물그릇을 건드릴 때, 아직 물그릇을 엎기 전에 알아채고 먼지의 이름을 다정하게 불러 보았다. 먼지가 원한 건 단지 내 리액션이었기 때문에 먼지는 물그릇을 건드리는 행동을 멈췄다.

　　이제 먼지는 물그릇을 엎지 않고 끈다. 물그릇은 식탁 모서리에서 3분의 1 정도 삐져나온 아슬아슬한 상태다. 잠결에 물그릇을 끄는 소리가 들리면 나는 먼지의 이름을 되도록 다정하게 (화를 눌러 참으며) 부르고, 먼지는 그릇이 엎어지지는 않을 정도에서 멈춘다. 나는 (다시 화를 눌러 참으며) 그릇을 제자리로 옮겨 놓고, (한 번 더 화를 눌러 참으며) 먼지를 쓰다듬어 준다. 먼지도 그 정도로 만족하고, 나도 전보다는 다시 잠을 청하기 수월해졌다.

　똥을 밟았을 때 마음의 평화를 위해 '이 정도로는 화내지 말아야지.', 걸레로 물을 훔쳐 내면서 다시 잠을 자기 위해 '눈을 감고 걸레질을 하면 되겠다.'라고 생각할 때는, 나만 있고 먼지가 없었다. 먼지가 내가 반응하길 원했다는 걸 알면서도 내 마음의 평정이 더 중요했기 때문이다. 먼지는 내가 자기에게 관심 가져 주기를, 표현해 주기를 원해서 한 행동인데 그 마음은 못 본 척 내 마음 다스리기에만 바빴다. 이제는 푹 자지 못해도 새벽에 기꺼이 한 번 일어난다. 거실로 나가 먼지를 만난다. 혼자 밥 먹기를 싫어하는 먼지의 입장에서도 내 입장을 고려해 준 셈이고, 잠이 중요한 나도 먼지를 생각해서 노력하는 셈이다. 그렇게 우리는 '쌤쌤'이 됐다. 그렇게 우리 둘은 모두가 잠든 깊은 새벽 10초간 짧은 데이트를 한다.

가끔은
독재가 필요해

일이

TO. 최   5.27.

요즘의 저는 다이어트와 운동에 여념 없는 나날을 보내고 있습니다.

작가님 생각처럼 저는 PT와 맞질 않아요.

제 평생 PT 받을 일은 없을 거라 확신했는데, 정신 차려 보니 받고 있네요.

친구의 권유와 날이 갈수록 불어나는 뱃살을 통제코자

나름 최고의 용기를 발휘하여 도전하고 있는 중입니다.

이래저래 조금씩 적응해 나가고 있습니다.

여행을 다녀와야 하는데, 남해를 다녀온 이후로 다시 게을러져서

언제 가려나 모르겠어요. 가까운 곳이라도 슬쩍 다녀올까 봐요.

난 먹는 걸 참 좋아한다. 무언가를 먹는 상상을 하면 행복감이 마구 솟구친다. 실제로도 그렇다. 음식을 먹을 때의 내 표정에서 알 수 있다. 이 행복은 참된 것이라는 걸.

행복감에 취해 무턱대고 먹다 보면, 당연하게도 그 행복은 지방이 되어 내 몸에 누적된다. 지방이 온몸에 골고루 분포가 되면 좋으련만, 내 경우는 그렇지 못하다. 수도권으로 인구가 집중 유입되듯, 나의 행복 나의 지방은 내 몸의 수도, 복부로만 유입되어 버린 나머지 소위 말하는 '똥배'가 탐스럽게 부풀어 올라 버렸다.

혹시나 하는 마음에 동네 보건소에서 인바디를 측정했더니, 아니나 다를까 나 보고 비만이란다.

'내가 비만이라니!'

나를 실제로 본 사람들은 믿지 않을지도 모르겠다. 육안으로 보기에는 절대 비만처럼 보이질 않으니 말이다. 하지만 실상은, 거울 속에 비친 발가벗은 나는 영락없는 복부비만이다. 다들 알겠지만 만병의 근원, 건강한 삶의 최대 적 비만을 타파하겠노라는 결심을 이행하는 건 보통 일이 아니다. 더군다나 음식을 사랑하는 내게 그건 어쩌면 불가능한 일인지도 모른다. 의지를 넘어서는 무언가가 필요하다는 생각이 들었다. 묘책이 필요했다.

　문득, 북조선의 김 위원장이 떠올라 아내에게 제안했다.

　"나를 위해 푸드 독재자가 되어 주시오."

　아내에게 있어서 푸드 독재는 말처럼 쉬운 일이 아니다. 음식을 향한 나의 진심을 누구보다 잘 알기도 하고, 음식을 먹을 때 행복해하는 나를 지켜보는 것이 아내의 소소한 재미 중 하나이기 때문이다. 게다가 내가 조금만 어리광을 피우면 마음 약한 아내는 금세 무너진다. 영악한 내가 이를 상습적으로 이용하는 걸 아내가 간파하고 있어서 그런지 선뜻 푸드 독재 정권을 거머쥐는 걸 꺼리는 눈치다.

　조건을 걸었다. 아니 선언을 했다. 나, 국민 김대일은 이 독재 정권의 행보에 그 어떤 불만도 표출하지 않겠노라고. 또한, 어리광도 피우지 않겠노라고. 불행한 척, 불쌍한 척하지 않겠노라고. 독재자의 약점을 파고들어 정권을 흔들지 않겠노라고.

　이 선언을 듣고 아내가 결심이 선 듯 말했다.

"그렇다면, 난 선한 독재자가 되겠소. 국민의 건강을 위해 최선을 다하는 독재를 펼칠 테니 잘 따라오시오."

그렇게 둘밖에 없는 우리 가정에서 푸드 독재가 시작됐고 한 달쯤 지났다. 아직 섣불리 판단하기는 힘들지만 이 정권은 순항 중이다. 선한 독재자여서 그런지 굶주리게 하지도 않았고 심지어 디저트까지 제공했음에도 불구하고 2킬로그램 정도 감량에 성공했다. 물론 나도 그에 걸맞게 운동이라는 노력으로 독재자에게 힘을 실어 주고 있다.

운동과
뱃살 사이

최정화

최정화

TO. 일   6.3.

날씨가 많이 더워졌어요.

포기 없이 운동은 꾸준히 하고 계시는지 궁금합니다.

여행 계획은 어찌 되셨는지도요.

전 여행을 거의 다녀본 일이 없어서 일단 이번 3일 연휴에 1일이라도

도전해 볼까 하고 있어요. 놀고만 싶습니다.

이 에세이가 대박 나서 한동안 놀 수 있다면! 그런 생각을 하면서

이번에는 가벼운 마음으로 될 대로 되라 식의 이야기를 늘어놓았습니다.

여름 건강히 보내세요!

아이스 브레이크의 용도로 보통 연애 이야기들을 나눈다고 하는데 연애 이야기보다 나를 흥분하게 하는 것은 뭐니 뭐니 해도 운동 이야기다. 한때 운동 강박증이라는 진단을 받았을 정도로 심취했던 운동을 줄이게 된 건 요가를 시작하면서부터였다. 요즘은 매일 하던 요가도 일주일에 한두 번 정도로 줄이고 마음껏 휴식을 취하고 있었는데 슬슬 몸이 근질거리기 시작했다.

발단은 분명 TV 프로그램 〈골 때리는 그녀들〉이다. 〈골 때리는 그녀들〉을 방송하는 수요일이 되면 아침부터 저녁시간이 기다려졌다. 실은 화요일부터 그랬고, 월요일엔 이틀만 더 기다리면 '골 때' 하는 날이구나, 되뇌며 슬며시 미소 짓기도 했다. 요가 수련을 하는 중에 수련 끝나고 집에 가면 〈골 때리는 그녀들〉 볼 수 있으니까 힘들어도 참자고 생각한 적도 있다.

방송을 보고 난 뒤에는 축구를 하고 싶다는 강렬한 갈망에 시달렸다. 편집자인 친구에게 작가 대 편집자로 여자축구팀을 만들어 보자는 말을 꺼내기도 했다. 그러다가 어느 날부터인가 방송을 보는 것이 슬슬 망설여지기 시작했다. 나도 축구를 하고 싶다며 끓어오르는 강렬한 욕망을 내리누르는 것이 어려웠기 때문이다.

축구팀 창설은 내게 너무 어마어마한 도전이어서, 운동 모임으로 방향을 틀고, 한 달에 한 번 운동을 하는 모임을 만들었다. 모일 때마다 매번 다른 운동에 도전하기로 했다. 멤버는 네 명. 운동을 즐기는 소설가인 D, 예전에 함께 카포에라를 수련했던 W, 이것저것 다양하게 체험하는 것을 즐기는 선배 G, 그리고 나다.

첫 모임은 볼링으로 시작했다. 나는 첫 모임으로 방송댄스나 요가를 제안했는데 G 선배는 열렬 환영한 반면 D에게는 방송댄스가 부담이 된다고 해서 통과, 볼링이 넷의 취향을 모두 충족시켜 만장일치로 결정됐다. '게임 후 진 팀이 차 사기'라는 내기를 걸어놓으니 승부욕도 생기고(나는 원래 승부욕이 없는 편이다) 연습을 좀 해 볼까 하다가 그건 오버다 싶어서, 강박이 생기지 않게 즐기자고 마음을 먹었다.

약속을 잡고 나자 벌써부터 몸이 개운하다. 내가 이렇게 운동을 좋아하게 될 줄이야. 나는 어릴 때는 몸이 약해서 운동에 능한 체질이 절대 아니었다. 글을 쓰기 위해서는 체력이 필요하다는 걸 알고 마음먹고 시작한 운동에 슬슬 재미를 붙이게 됐고, 이런 세상이 있었구나! 두 눈이 동그래져서 여기저기 체육관을 찾아다녔다. 그러다 양쪽 어깨가 탈골되고 나서야 그 매력적인 상대를 향해 가까이 가는 걸 겨우 멈출 수 있었던 것.

운동을 좋아하고, 요가는 6년째 꾸준히 수련해 왔지만 운동과 뱃살 사이에는 큰 관계가 없다. 요가를 하루에 두 타임씩 매일 들었던 2018년도에도 내 허리는 결코 날씬해지지 않았고, 지금은 요가 강사를 하고 있지만 뱃살은 여전하다. 요가 수업을 진행하는 날, 이전 타임을 담당하시는 날씬한 선생님이 몸에 착 달라붙는 파스텔톤의 요가복을 입고 나오시면, '우아, 정말 요가 선생님 같은걸!' 하고 감탄하는 눈으로 쳐다보고 있다. 나는 늘 그렇듯이 사시사철 검은색의 헐렁한 트레이닝복 차림이어서 뱃살이 전혀 드러나지 않는다(고 믿고 있다).

내가 뱃살 때문에 고민할 때 요가 선생님께서는 복식호흡을 하면 배가 나올 수도 있다고 얘기해 주셨다. 그 말이 고민하지 말고 편안해지라는 뜻이었는지 진짜로 복식호흡의 결과인지는 잘 모르겠지만 확실한 건 이제 더 이상 뱃살 때문에 고민하지 않는다는 점이다. 배는 나왔지만 목과 손목과 발목은 가늘고 그쪽으로는 살이 찌지 않는다. 다리가 늘씬해서 짧은 치마를 입고 다니면 부러운 시선을 한 몸에 받곤 했었지, 후훗.

유독 배에 살이 찌는 체질이 있다. 운동으로 그 뱃살을 어느 정도 줄일 수는 있겠지만, 배 좀 나오면 어때? 뱃살은 체질이다.

시작하는
누군가에게

일이

TO. 최   6.8.

운동을 나름 꾸준하게 하고 있는 중이에요.

아주 조금씩이지만 변화가 있기도 하고요.

아무래도 올여름에는 여행은 틀린 것 같아요.

이제 또 여러 가지로 바빠지기 시작했습니다. 그래도 주말에는 우짜든둥

쉬려고 하는데 기회 봐서 근교에 소풍이라도 갈까 봐요.

이야기를 하다 보니 소풍도 여행이라고 생각하면 나름

여행이 될 수 있으니, 아주 틀린 모양은 아닌 것 같기도 하네요.

최근 새롭게 시작한 게 두 가지 있다. 다이어트와 프랑스어 공부. 다이어트는 몇 번인가 시도한 적이 있긴 하지만 이번처럼 뚜렷한 목표를 갖고 한 건 처음이다. 반면 프랑스어 공부는 난생처음 도전하는 영역이다.

무언가 목표를 정하고, 기필코 이루겠다는 갈망이 마음속에 자리하고, 또 지체 없이 실천에 옮긴 게 얼마 만인지 모르겠다. 그 마지막 기억이 너무 흐릿한 나머지 마치 무언가를 향한 이런 도전이 처음인 것처럼 낯설고 어색하다.

할 수 있을까. 몸도 머리도 딱딱하게 굳어 버린 내가 과연 해낼 수 있을까. 두려운 마음이 크다. 이미 시작된 일임에도 불구하고 여전히 나는 두렵다.

나는 그럴싸하게 말하자면 놀랍도록 자기객관화를 잘하는 편이고, 나쁘게 말하면 자신감이 없는 사람이다. 목표가 생기긴 했지만 자력으로 다이어트와 프랑스어 공부를 해낼 자신이 시쳇말로 '1도' 없었다. 그렇다고 이대로 쉽게 포기하자니 참으로 오랜만에 생긴 목적의식을 외면할 수가 없었다. 정확하게 말해 그러기 싫었다. 변하고 싶었다. 늘 자신감에 막혀 포기했던 것들. 그럴싸한 합리화로 둘러대며 떠나보낸 어떤 목적들. 하고 싶었으나 하지 않고 흘려보낸 것들이 하나 둘 스친다. 이제 피하지 말자. 두렵지만 가보자.

그때나 지금이나 자신감이 결여된 마음은 여전히 트레이드마크이지만 달라진 것도 있다. 잔꾀가 늘었다. 스스로 할 수 없다면, 강제성을 띠는 환경으로 나를 밀어 넣자고 생각했다. 아내에게 푸드 독재(식단 관리)를 부탁했고, PT 60회를 선불로 결제해 버렸으며, 1년치 분량의 프랑스어 교재를 구입했다.

웨이트 트레이닝은 고사하고 아령 한번 제대로 들어 본 적 없는 내게 PT는 고통의 또 다른 이름이었으며, 외국어 '쪼다'인 내게 프랑스어는 토악질이 절로 나올 만큼 어려웠다. 그냥 생긴 대로 살지, 자신감이 없는 채 찌그러져 있지 뭣하러 사서 고생인가 싶었다.

'그랬는데 이젠 괜찮다.'라는 드라마틱한 스토리는 애석하게도 아직 없다. 여전히 고통스럽다. 오늘은 하체 운동을 하는 날인데 벌써부터 도망가고 싶다. 생소한 프랑스어 발음을 흉내 내는 우스꽝스러운 내 꼴을 떠올리면 실소가 터진다. 지금으로서는 내가 포기할 때까지 혹은 목표를 달성할 때까지 고통이 나의 동반자가 될 것 같다. 강한 확신이 든다.

그렇지만 이 고통이 내게 변화를 줄 거라고 믿는다. 더불어 이 변화는 나를 더 좋은 곳으로 데려다주리라고 믿는다. 그래서 나는 지금의 이 고통이 싫지 않다. 감내할 가치가 있다고 생각해 받아들이는 중이다.

아내와 연애하던 때가 생각난다.

아내와 심하게 다툰 어느 날. 다툼으로 인해 산소가 산화돼 질식할 것 같았다. 참을 수 없는 갑갑한 그 기류를 견디지 못해 해서는 안 될 말을 뱉고 말았다.

"헤어지자."

아내가 말했다.

"지금 헤어지기엔 우린 아직 시작도 하지 않았어."

아내가 이렇게 말하지 않았다면 우린 어떻게 됐을까. 그 고통의 순간을 견뎌 내지 않았다면 어떤 모습일까. 상상이 잘 되지도 않고 생각도 하기 싫다.

나는 요즘도 그때의 아내에게 감사한다.

'지금 그만두기엔 나는 아직 시작도 하지 않았어.'

의료협동조합 가입기

최정화

TO. 일   6.15.

지난 이야기 읽다가 저 또 뿜었어요. 60회 PT권에 프랑스어 교재에서요.

외국어는 단어 외우는 걸 귀찮아해서 도전하지 못하고 있어요.

요즘은 그림 연습을 좀 하고 있습니다.

장기적으로는 만화를 그려 보고 싶다는 두루뭉술한 미래를

꿈꾸기도 하고요.

60회 채우시고 몸짱 되세요!:)

치실을 하다가 금니가 빠졌다.

떨어져 나온 금니를 실리콘에 잘 싸서 보관하면서 제일 먼저 든 생각은 '치과 치료는 돈이 많이 든다던데⋯⋯.'였다. 눈에 띄게 건강해 보이는 체질은 아닌데 특별히 아픈 데가 없는 무난한 몸이어서 지난 10년간 병원에 갈 일이 없었다.

평소 칫솔질을 제대로 하지 않았다. 건강 관리에는 신경을 쓰는 편이었는데 그러고 보니 그 건강이라는 게 한쪽으로 치우쳐 있었다. '체력'의 증진이랄까, '근육'의 관리랄까. 몸은 근육과 피와 살, 그리고 뼈로 이루어져 있었는데 뼈 건강에 대해서 한 번도 생각해 본 일이 없었다.

45세. 피는 뽑으면 다시 생기고 살도 다시 붙는데 뼈는 더 이상 자라지 않는 나이다. 치과 치료를 잘못하면 고생이라는 인터넷의 몇몇 글들을 읽고 고민하다 협동조합에서 치료받기로 마음먹었다.

일반 병원이 아니라 의료협동조합을 통해서도 치료할 수 있다고 언젠가 친구가 알려 준 이야기, 그리고 동네를 지날 때 벽보에 붙었던 의료협동조합의 전단지가 기억났던 것이다. 인터넷을 검색해 지하철역으로 한 정거장 정도 떨어진 곳에 의료협동조합에서 운영하는 치과가 있다는 정보를 입수했다. 갑자기 마음이 편안해졌다.

작가가 되기 전에 생활협동조합 홍보팀에서 일한 적이 있다. 과대포장 문제 때문에 생협보다는 시장을 이용하고 있지만, 기후위기와 환경오염에 대한 문제의식을 같이하고 있다는 동지애를 느끼고 있다. 협동조합을 응원하는 마음, 신뢰하는 마음이 있다. 생활협동조합이 아니라 의료협동조합이라니, 궁금하고 설레었다.

전화로 예약을 하고 치과를 찾아갔다. 나보다 먼저 이곳을 들락거린 이들의 흔적을 만났다. "건강하게 살고 싶다." "믿을 수 있는 의료기관이 있으면 좋겠다." "아플 때 좋은 돌봄을 받고 싶다." "병들고 장애가 있더라도 끝까지 존엄을 잃지 않고 살고 싶다." "끝까지 나답게 살다가 아는 얼굴들 사이에서 죽고 싶다." 데스크에 전시된 리플릿들을 읽으며 저도요, 저도요, 마음속으로 손을 든다.

"불편하실 때는 손을 드세요."

신경치료를 받는 동안에는 입을 벌리고 있으니 말을 할 수가 없다. 움찔거리며 한 시간 동안 치료를 받고, 레진으로 충치를 덮었다. 어금니용 칫솔을 하나 구입하며 치아 관리를 잘해야겠다고 마음먹었다.

사무실에 들러 조합원이 됐다. 가입신청서에 이름을 적고, 별명도 적고, 아픈 동거묘와 함께 사는데 도움이 필요하다고 적었다. 요가 수업 진행으로 봉사를 하고 싶다고도 썼다. 반려동물들을 위한 협동조합이 있다는 소개를 받고 마음이 든든해졌다.

마취가 풀리는 데 시간이 걸리는 모양이었다. 동네 뒷산에 올라 바나나 우유로 점심을 때웠다. 우스꽝스러운 입모양으로 아슬아슬하게 우유를 입에 넣고 있는데 가입 환영 문자 메시지가 왔다.

'조합원 가입을 환영합니다! 협동의 이웃을 만나뵙게 되어 반갑습니다.'

남자친구가 생겼다고 호들갑을 떨듯 누군가에게 자랑하고 싶어졌다. 2022년 6월 14일, 나는 이제 의료협동조합의 조합원이 됐다!

혼자 살면 아파서는 안 된다는 건 옛말. 우리 동

네엔 의료협동조합이 있다. 서로 얼굴을 알지 못해도 도움을 요청하고 도움을 받을 수 있다. 혼자 사는 사람도 아프다. 아플 수 있다. 아파도 된다.

고양이와 나

일이

TO. 최   6.22.

이번 주는 계속 비가 올 거라는 예보와 다르게 아직 부산은

비소식이 없습니다. 오랜만에 비가 오면, 그동안 미뤄 왔던

사무나 봐야지 했었는데 쾌청한 나날이 지속되니 사무는커녕

모른 체하고 뛰쳐나가고 싶은 마음이 앞서네요.

몸짱이 되려고 PT를 시작한 건 아니지만, 몸짱이 되고자 하는

그들의 노력은 정말 대단한 것이라는 걸 통감하는 요즘입니다.

이제 정말이지 얼마 남지 않았네요.

마지막까지 기쁜 마음을 간직한 채 다음 글을 기다리고 있을게요.

도리(텃밭에 용변을 보던 길고양이)가 언제부턴가 오지 않았다('고양이는 원래 흙 위에다 똥을 싼다'에 등장합니다). 그리고 도리의 새끼들 중 한 마리인 돼지(사료를 많이 먹어서 붙인 이름)가 도리의 자리를 대신했다. 우리끼리의 추측이긴 하지만 도리가 새끼들에게 이 영역을 물려주고 떠난 듯하다. 처음엔 도리의 새끼 두세 마리 정도가 함께 왔었는데 모두 어디론가 떠났는지 이제 돼지만 남았다.

돼지는 이름과 달리 작고 예쁘다. 고양이에 대해 잘 알지는 못하지만, 대개 암컷은 수컷에 비해 작다고 한다. 그리고 수컷에 비해 새침하고 도도하다고 했다(어디선가 주워들은 이야기). 과연, 그런 듯하다. 돼지는 암컷이 분명하다고 생각했다. 1년이 훌쩍 넘는 시간 동안 사료를, 그것도 고급 사료를 바쳤지만 돼지는 내게 쉽게 마음을 열지 않았다. 돼지의 마음을 열어 간택을 당하고 싶은 생각은 전혀 없다. 다만 경계는 하지 않았으면 하는 바람이다. 솔직히 조금, 아니 많이 섭섭하다. 뻔히 밥 챙겨 주는지 알면서도, 밥 그릇에 사료를 부어 주러 다가가는지 알면서도, 소스라치게 놀라면서 도망가는 꼴이 얄밉다. 이는 구애를 매몰차게 거절당했던 감각과 묘하게 닮아 있다. 그래서인지 움찔하며 도망가는 돼지를 보고 있노라면, 언제가 누군가에게 받은 옅은 상처의 기억이 꿈틀대는 것만 같다.

뭐 어쨌든 하루에 최소 한 번 많게는 세 번 정도 사료를 준다. 테라스만 보고 있는 게 아니라서 그 많은 사료를 혼자 먹는지는 모르겠지만 확실한 건 돼지는 진짜 많이 먹는다. 몇 달 전인가. 돼지가 사료를 향해 걸어오는데 심상치 않은 복부의 크기에 깜짝 놀란 적이 있다. 정말이지 많이 먹긴 하나 보다. 길고양이가 비만이라니. 저 작은 아이가 얼마나 먹으면 저렇게 배가 불룩해질 수 있을까 싶었다. 스치듯 잡다한 망상 몇 가지가 지나간다. 굶주림에 대한 어떤 트라우마가 있는 걸까. 단순히 식탐이 많은 녀석인가. 사료 양을 조절해야 하나. 설마 임신인가. 그럴 리가 없다. 절대 임신은 아닐 거라고 생각했다. 그럴 것이 한쪽 귀 모퉁이가 잘려 있었기에 중성화 수술이 되어 있다고 믿었기 때문이다. 그냥 많이 먹어서 그렇겠지. 그나저나 길고양이에게 다이어트를 시키는 게 가능은 한 이야기인가. 땀을 뻘뻘 흘리며 오만상을 한 채 PT를 받고 있는 내 모습과 러닝머신 위에서 뱃살을 출렁이며 열심히 달리고 있는 돼지가 오버랩되며 피식 웃음이 새어 나왔다. 그건 그렇고 진짜 사료 양을 줄여야 하려나.

'모르겠다. 지 알아서 하겠지. 지 인생인데……'

몇 주 전 오랜만에 비가 왔다. 타닥타닥 타닥타닥. 빗방울과 나무 데크가 맞닿는 소리는 언제 들어도 기분 좋다. 그것도 잠시. 타닥거리는 소리는 곧 빨래 걷고 사료 그릇 옮기라는 언어와 그 뜻이 같다. 나에겐 그렇다. 테라스가 생기고 길고양이들이 다니기 시작한 뒤로는 비가 오면 빨래와 사료 그릇을 신경쓰는 버릇이 생겼다. 빨래를 걷고 사료 그릇을 처마 밑으로 옮기려는데, 저 멀리서 돼지가 무언갈 물고 뒤뚱거리며 오는 게 보였다. 평소 우아하게 사뿐거리던 것과는 사뭇 다른 걸음걸이에 시선이 머물렀다.

'저건 뭐지.'

깜짝 놀랐다. 새끼 고양이었다. 아…… 돼지는 비만이 아니라 임신 상태였구나. 귀가 잘려 있는 게 중성화 수술의 표식이라고 굳게 믿고 있었는데…… 그건 뭐 그렇다 치고 쟤는 왜 새끼를 여기로 데리고 오는 걸까. 한 발짝 물러나 가만히 들여다봤다. 돼지는 테라스 한쪽 구석에 있는 야외용 캐비닛 다리 쪽

빈 공간에 새끼를 내려 두곤 서둘러 자리를 떴다. 그리곤 얼마 지나지 않아 또 다른 한 마리를 물고 왔다. 그렇게 돼지는 총 네 마리의 새끼를 데리고 와서 테라스 한쪽 구석에 자리를 잡았다.

머리가 복잡해졌다. 나에게 도움을 요청하는 걸까. 단순히 이곳이 육아를 하기에 적합하다고 생각해서 데리고 온 걸까. 나는 어떻게 해야 하지. 이 아이들을 돼지와 함께 돌봐야 하나. 장소만 제공해 주면 되는 걸까. 모른 척, 못 본 척하는 게 맞는 걸까. 여러 생각이 들었지만 야생에서 태어난 아이들에게 인간의 손길이 닿게 하는 건 좋은 방법은 아니라고 생각했다.

지켜만 보기로 결정하긴 했지만 막상 또 가만히 지켜만 보는 게 쉽지는 않았다. 내 시선에선 돼지가 아이들을 방치하는 것만 같았다. 돼지는 한번 자리를 비우면 좀처럼 돌아오지 않았다. 젖은 잘 물리고 있는 걸까. 젖만 먹어도 되는 걸까. 사료와 물을 아이들 근처에 두긴 했다지만, 성묘용 사료인데 아이들에게 괜찮으려나. 아기 고양이 사료를 별도로 구비해야 하나. 모래가 없는데 용변은 어디서 해결하는 거지. 돼지는 이런 교육을 시키고 있긴 한 걸까. 밖으로 돌아다니기만 하는데 육아를 제대로 하긴 하는 걸까. 지켜보는 와중에도 머릿속은 참견으로 가득했고, 이를 실천에 옮기고 싶어 근질근질했다. 제대로 된 케어를 해 주고 싶은 욕망인지 참견인지 모를 욕구가 마음 깊은 곳 어딘가에서 스멀스멀 피어 올라왔다.

며칠인가 지나 돼지가 자리를 비운 틈에 아이들의 상태를 살펴보았다(사람 손이 타지 않도록 한 발짝 떨어져서).

네 마리 중 두 마리의 상태가 좋지 않아 보였다. 두 마리 모두 한쪽 눈에 진물이 가득했다. 내버려 두면 눈이 제 기능을 하지 못할 것만 같았다. 어떻게 해야 하지. 병원으로 데려가서 치료를 시키는 게 맞는 걸까. 고양이는 시력이 없어도 살아가는 데 큰 문제가 없다고 하는데 이대로 내버려 두는 게 좋은 건가. 만약 내가 치료를 시킨다면 이 두 생명은 내가 책임져야 하는 건가. 내가 책임진다고 하면, 돼지는 어떻게 되는 거지. 돼지가 느낄 상실감은 또 어떻게 해야 하는 거지. 아이는 엄마와 함께 자라야 행복한 거 아닌가. 이 아이들에겐 뭐가 좋은 걸까.

문득, 내가 할 수 있는 건 한 발짝 떨어져 응원하면서 지켜보는 게 전부라는 생각이 다시 한번 들었다. 도움이 필요하면 손을 내밀 거라는 믿음을 가지는 수밖에 없다고 생각했다.

　　고양이들의 입장도 알아야 원만한 해결책이 나올 텐데, 내가 그들의 생각을 알 수 있을 리가 없다. 나는 사람인지라 결국에는 나의 경험, 나의 입장에 국한된 답밖에 내리지 못한다. 무엇이 옳은지, 현재로선 알 길이 없다. 지나 봐야 아는 것이다.

　　결혼도 그렇다. 각자에게 무엇이 옳은지 현재로선 알 수 없다. 돼지에겐 자신만의 육아 방식이 있다. 감 놔라 배 놔라 하며 참견할 이유와 자격이 내겐 없다. 선의라 할지라도 이 또한 결국엔 나의 입장일 뿐이므로. 모두와 함께 평화롭게 살아가기 위해서는 때로는 참아야 할 때도 있다.

　　추신
　　눈이 아픈 두 아이들은 100퍼센트는 아니지만 어느 정도 회복을 했습니다. 돼지가 계속해서 핥아주니 상태가 호전되는 게 보였어요. 돼지가 육아를 제대로 하지 않는다는 건 역시 착각에 불과했습니다. 또 얼마 지나지 않아 돼지는 아이들을 데리고 다른 곳으로 이동했어요. 요즘도 아침, 점심, 저녁으로 밥은 먹으러 오고 있습니다. 문득 생각해 보니 돼지가 사료를 많이 먹었던 건 배 속에 있는 아이들을 위한 게 아니었나 싶어요. 이제 개명해야 할까 봐요.

장수 좀 부탁합니다

최정화 🕊

TO. 일   6.27.

마지막이라고 생각하니 그동안의 교환 에세이가

더더욱 감사하게 느껴졌어요. 예민한 저는 사람들과 대화 나누기가

쉽지 않은데 작가님과의 에세이 교환이 매우 즐거운 대화를 나누는

기분이었어요. 글을 읽으며 마음이 열리고 따뜻해지는 경험을 했습니다.

책을 읽는 분들도 아마 그러시겠지 하는 기대와 함께 마지막 에세이를

보내요. 책이 출간되면 한번 뵙게 되겠죠? 부산에 한번 놀러가고 싶네요.

한지은 과장님에게 같이 가자고 졸라 봐야겠어요.

PT 60회 채우시고 몸짱이 되어 만나요. 호호.

먼지와 살기 전에는 한 번도 동물과 함께 사는 삶을 꿈꿔 본 적이 없었다. 어린 시절에 동물을 키운 경험이 없어서인지 동물을 대하는 법을 알지 못했고 거리의 개들에게 몇 번 쫓긴 경험 때문인지 동물들을 보면 겁부터 났다. 먼지와 함께 살게 된 건 순전히 내가 너무 외로워서였다. 독립한 지 5년 정도 지났을 때 더 이상 혼자 사는 게 불가능하다는 결론을 내렸다. 사람과 함께 사는 게 불가능하겠다는 생각도 함께였다.

나는 성격이 예민하고 건조한 편이라 살가운 집사가 아니었다. 고양이에 대한 아무런 지식 없이 함께 살게 된 먼지가 '심장중격결손'이라는 희귀병을 앓고 있다는 소식에 눈앞이 캄캄해져 며칠 동안 울기만 하는 무능한 집사였다.

심장 초음파 검사를 하고 진단을 받은 뒤에 선생님께서는 동물의 경우에는 여러 마리의 새끼를 한꺼번에 낳는데, 그중 한 마리에게 병약한 기질이 몰려 태어난다고 설명해 주셨다. 먼지가 그런 경우라고도 하셨다. 심장병 판정을 내렸지만 아마 다른 기관을 검사해 보면 다른 병이 더 있을 것으로 추측된다고, 스트레스를 잘 받는 걸로 봐서는 뇌 쪽도 취약해 보인다고 하셨다. 심장병의 경우 현재는 수술도 치료도 불가능한 상황이니, 꼬박꼬박 약을 먹이고 발작이 오면 안아 주라고 하셨고, 먼지가 한 살이 되기 전에 입술이나 혀가 파래지는 청색증이 찾아오게 될 거라고, 하지만 1년 정도 더 살 수 있을 거라고 말씀하셨다.

먼지를 간호하기 위해서는 내가 단단해져야 한다는 사실을 깨달았다. 발작이 찾아오면 함께 혼란에 빠져 버리던 내가 어느 날부턴가 차분하게 먼지를 뒤에서 끌어안기 시작했다. 약을 먹는 일이 먼지에게 너무 심한 스트레스라는 걸 깨닫고, 1년간 투약했던 심장약을 중단했다. 신기한 건 약을 중단하고 먼지가 더 건강해졌다는 것이다. 아마 약효보다 약을 먹는 과정에서 받는 스트레스가 더 컸던 모양이다. 공기가 좋고 소음이 없는 산동네로 이사 오면서 먼지는 눈에 띄게 상태가 좋아졌다.

나는 지금도 좀 모자란 집사다. 먼지의 몸집이 커지자 발톱을 깎아 주지 못하고 있고, 이런저런 방법을 동원했지만 아직 이도 닦아 주지 못하고 있다. 먼지의 등에는 지금도 등에 뭉친 털딱지가 들러붙어 있다. 먼지는 새로운 병인 이식증에 걸려 자기 털을 뽑아 먹고, 새벽마다 물그릇을 뒤집는다. 신기한 건

의사 선생님이 말씀하신 청색증이 심장병 진단을 받은 지 10년이 훌쩍 지난 지금까지도 찾아오지 않았다는 점이다. 발작과 호흡곤란도 서서히 줄어, 먼지도 나도 꽤 안정적이고 평화로운 날들을 보내고 있다.

엊그제는 누군가와 다투고 마음이 진정되지 않았다. 그런데 먼지가 무릎 위에 앉아 나를 위로해 주었다. 무릎 위에 뚱뚱하고 커다란 고양이 한 마리가 얹히자 흥분해서 끓어오르려던 마음이 차분하게 가라앉았다. 먼지는 자주 무릎에 올라오곤 하지만 그날 따라 먼지가 내게 전해 준 에너지는 평소와 달랐다. 내가 화나 있다는 걸 알고, 아니 실은 그보다 더 겁에 질려 있다는 걸 알고 위로와 용기를 전해 줬다. 언젠가 발작으로 힘들어할 때 내가 그를 뒤에서 꼭 안아 주었던 것처럼, 그러면 발작이 서서히 잦아들고 마침내 편안한 숨을 쉬게 되는 것처럼, 먼지가 내게 그렇게 해 주었다. 나는 금세 화가 가라앉아 마음이 곧 평안해졌다.

어제 저녁에는 대왕 바퀴벌레가 들어와서 소주에 시트로넬라 오일을 섞어 만든 살충제를 반통 정도다 써 버리고 말았는데 바퀴벌레를 처치하고 난 뒤에야 '고양이는 간이 좋지 않아서 아로마 오일에 취약하다.'라는 인터넷 포스팅을 읽은 게 기억났다. 다시 검색해 보니 고양이에게 안 좋은 몇몇 오일이 따로 있었는데, 그 리스트에 시트로넬라가 포함되어 있었다. 이미 온 집 안이 시트로넬라 향으로 잠식된 이후의 일이었다.

부랴부랴 창문을 열고 선풍기를 돌렸다. 냄새는 쉽게 빠져나가질 않고 오히려 집 안 구석구석으로 번지는 것 같았다. 급하게 먼지의 동태를 살폈지만 다행히 별 이상은 없어 보였다.

잠시 후에 두통을 느끼고 호흡이 불편해지기 시작한 건 먼지가 아니라 나였다. 어떤 이유에서인지 나는 살충제에 취약하다. 홈키파를 콘센트에 꽂아 두고 잤다가 다음날 아침 쓰러질 뻔한 적도 있었다. 선풍기를 창가에 바싹 붙여 집 안 공기를 빼내는 동안에도 먼지는 끄덕도 하지 않았다. 이번에도, 역시, 괜한 걱정이었다.

먼지와는 언어로 대화를 나눌 수 없으니 고양이에 대한 책이나 포스팅을 읽으며 고양이에 관한 상식을 늘리려고 시도해 보는데, 10년 넘게 이 친구와 살면서 느낀 건 정보란 일반화한 것이다 보니 먼지에게 완전히 딱 들어맞지는 않는다는 거였다.

언제나 가장 중요한 건 먼지와 함께 보내는 시간이다. 먼지를 무릎에 앉히고 쓰다듬어 주고, 밥을 먹을 때 옆에서 지켜봐 주고, 간혹 아무것도 하지 않은 채 그저 함께 시간을 갖는 것. 그 시간이 충족되면 먼지는 별 불만이 없고, 좀처럼 스스로에게 쉴 틈을 주지 않는 내게도 그 시간은 축복과 같다.

이 글을 쓰는 지금, 먼지는 내가 만들어 준 캣타워 위에 늘어져 있다. 하루 종일 아무것도 하지 않으면서도 지루함을 알지 못하는 먼지의 세계. 그 세계를 나와 함께 공유해 주어 고마울 뿐이다. 이제 먼지에게 바라는 것이 있다면 단 하나.

"장수 좀 부탁합니다."

어젯밤 시트로넬라 향으로 어질어질한 상태에서 나는 먼지에게 그렇게 (속으로) 말하고 (속으로) 굽신거렸다.

오래 달리기

일이

TO. 최   7.05.

벌써 마지막이라니 실감이 잘 나질 않네요.

그동안 많이 감사했습니다. 그리고 즐거웠어요. 진심입니다.

저로서는 아직까지 글을 쓴다는 게 익숙지 않은 작업이라 매번

서툴기만 한 것 같아서 누가 되는 것은 아닐까 하고 걱정을 많이 했습니다.

여전히 그 마음이 큽니다만, 이제 돌이킬 수가 없네요.

출간이 된 이후에 또 어떤 일이 펼쳐질지 모르겠지만,

연이 닿는다면 만나게 되겠죠?

아무쪼록 만나는 그날까지 건강하시고 또 건강하세요.

화, 목, 토 저녁이 되면 (비가 오는 날을 제외하곤) 어김없이 달린다. 중간에 공백기가 있긴 했지만 달리기를 시작한 지 어느새 1년이 조금 넘었다.

달리기에도 여러 종류가 있겠지만 나의 경우는 마라톤이다. 마라톤이라고 하니 어쩐지 거창한 느낌이 있는데, 담백하게 말하자면 '오래 달리기'다. 현재로선 하프 마라톤 완주를 목표로 하고 있다.

아직 하프 마라톤을 도전하기에는 실력이 못 미치지만 이대로 계속 노력하면 언젠가는 그때가 올 거라고 믿고 있다. 하프 마라톤이라니. 운동 '쪼다'에게 과연 가능한 일인가. 이성적으로 생각하면 도저히 이루지 못할 것 같지만 달리기를 처음 시작할 때도 마찬가지였다. 쉬지 않고 30분 이상 달리는 걸 목표로 시작했다. 불가능할 것 같은 도전이었는데, 지금은 한 시간 정도는 쉬지 않고 달리는 게 가능하다. 그렇게 달리면 10킬로미터 정도 갈 수 있다.

30분 달리기를 성공으로 이끈 일등공신은 달리기 애플리케이션이다. 애플리케이션에는 일주일에 세 번, 총 8주간의 훈련을 마치면 30분 달리기가 가능하도록 프로그램이 짜여 있다. 보통 1회 훈련에 30~45분 정도가 소요되는데, 그 시간에 유저들 사이에서는 '런저씨'라 불리는 어떤 남성이 달리기에 대한 기본 상식과 갖가지 정보를 알려준다. 그리고 런저씨는 훈련의 목적이 쉬지 않고 30분 달리기라는 것을 잊지 않도록 중간중간 자신만의 어법으로 이를 상기시켜 준다.

그 대목에서 문득 달리기는 우리네 인생과 닮은 구석이 많다는 것을 느끼곤 한다.

우선 30분 이상을 달리려는 목적은 운동 효과 때문이다. 사실 꼭 30분을 채우지 않는다고 해도 상관없다. 그렇다 하더라도 운동이 된다. 그럼에도 굳이 땀과 고통을 더해 오래도록 달리려는 것은 30분 이후부터 운동의 효과가 훨씬 더 증가하기 때문이다. 덧붙여, 30분 달리기는 6개월 이상을 꾸준히 해 줘야 한다. 그래야만 또 그 효과를 더 체감할 수 있다. 달리기를 통해 얻고자 하는 모든 게 30분 이상씩 6개월 넘도록 달렸을 때부터 내게 오기 시작한다. 그리고 그 지점은 끝이 아니라 출발점이다.

지금껏 살아오며 내가 얻고자 했던 것, 이루고자 했던 무언가는 거의 대부분 이런 식이었다. 노력 없이 고통 없이 얻었던 건 아무것도 없다. 누군가는 재능이 뛰어나고, 누군가는 재력이 많아 출발점까지 수

월하게 가기도 하지만 말 그대로 출발점은 시작하는 지점일 뿐이다. 그곳에서부터 또 각자의 레이스가 본격적으로 시작된다.

어떨 때는 겨우겨우 힘겹게 출발점에 섰는데 포기하고 물러선 적도 있다. 힘들게 노력해서 출발점에 섰음에도 물러서게 된 건 그 지점에 도달해야만 보이는 풍경들 때문이었다. 그 풍경이 내가 꿈꿨던 것과 달라서. 비록 포기했다고 해도 그 노력들이 결코 헛되진 않는다. 출발점까지 가기 위해 애쓰던 중에 얻은 것들이 분명 있다. 설사, 30분 달리기를 6개월까지만 하고 포기한다 하더라도 그 기간에 쌓아 왔던 것들은 절대 순식간에 무용지물이 되지 않는다. 그 노력은 거짓이 아니기 때문이다. 이미 예전보다 튼튼한 하체와 지구력을 가지게 되었으니 말이다.

8주라는 훈련 기간 동안 런저씨가 지겨울 정도로 반복해서 하는 이야기가 있었다. 오래 달리기는 경쟁이 아니라는 것과, 자신의 페이스를 끝까지 유지하라는 것. 아직 나는 초보라 강하게 주장하기는 조심스럽지만 입을 보태자면 오래 달리기에서 가장 중요한 건 이 두 가지가 전부라고 해도 무방하다. 각자에겐 자신에게 알맞은 페이스가 있다. 페이스는 1킬로미터를 주파하는 시간을 말하는데, 비록 그 속도가 느리다 하더라도 나의 체력에 알맞은 페이스를 유지하며 달리다 보면, 생각보다 훨씬 더 오래 그리고 멀리까지 뛸 수 있다. 적절한 페이스라는 건 생각보다 힘이 강하다.

원리는 간단하지만 말처럼 마냥 쉽진 않다. 옆 사람이 나를 앞질러 가는 걸 보면 누구나 초조해지기 마련이다. 점점 멀어져 가는 그를 보고 있노라면 어쩐지 도태되는 기분이 들 수밖에 없다. 경쟁사회를 살고 있는 우리에게 뒤처지는 기분을 참아 낸다는 것은 결코 녹록지 않은 감정선이다. 그렇지만 그 감정을 참아 내지 못해 내가 할 수 있는 이상으로 무리하기 시작하는 순간부터 페이스는 무너지고, 이는 부상을 초래하기도, 그리고 결국 레이스를 포기하게 하기도 한다. 오래 달리기의 주목적은 누군가를 앞지르는 것이 아닌데도 말이다.

인생도 마찬가지. 우리 모두는 각자에게 맞는 속도가 있다. 빠르고 느린 게 중요한 게 아니다. 끝까지 잘 달리는 것이 중요하다. 우리는 경쟁을 위해서, 이기기 위해서 살고 있는 게 아니다. 옆 사람의 속도는 중요치 않다. 그 페이스에 휘말려 무리할 필요 없다.

누군가는 일찍 결혼해서 차근차근 성장하는 것을 바라고, 또 누군가는 비록 시간이 걸리더라도 모든 준비를 마친 후에 결혼하기를 꿈꾸기도 하고, 또 누군가는 결혼보다는 반려동물이나 식물과 함께 살아가는 것에 행복감을 느끼고, 또 어떤 이는 사랑하는 가족과 왁자지껄하게, 또 어떤 이는 오롯이 혼자인 삶을 살아가길 원한다. 그렇듯 결국 자신에게 꼭 알맞은 페이스를 찾고 그것을 진득하게 유지하는 게 인생이라는 오래 달리기를 성공적으로 완주하는 방법이지 않을까.

당신에게 꼭 알맞은 페이스를 찾아내길.

그 페이스로 자신만의 멋진 레이스를 시작하길.

주위의 풍경을 온전하게 담아낼 수 있는 풍요로운 레이스가 되길.

나의 페이스를 유지하며, 나의 자리에서 당신을 응원합니다.

파이팅!

같이의 세계

1판 1쇄 인쇄	2022년 8월 12일
1판 1쇄 발행	2022년 8월 19일

지은이	최정화 일이
그림	키미

발행인	황민호
본부장	박정훈
책임편집	한지은
기획편집	김순란 강경양 김사라
마케팅	조안나 이유진 이나경
국제판권	이주은
제작	심상운

발행처	대원씨아이(주)
주소	서울특별시 용산구 한강대로15길 9-12
전화	(02)2071-2095
팩스	(02)749-2105
등록	제3-563호
등록일자	1992년 5월 11일

ⓒ 최정화, 일이 2022
ISBN   979-11-6918-917-0   (03810)